契約妊活婚！
～隠れドSな紳士と子作りすることになりました～

藍川せりか
Serika Aikawa

EB
エタニティ文庫

目次

契約妊活婚！

～隠れドＳな紳士と

子作りすることになりました～

プロローグ

大安吉日の日曜日。

料亭すずらんにて、柳風花《やなぎふうか》は人生初のお見合いをすることになった。

(はあ……緊張する)

華やかな赤地の熨斗柄《のしがら》に牡丹《ぼたん》と花車をあしらった着物姿の風花は、きゅっと締めあげられた帯で小さく息をしながら俯《うつむ》いていた。

茶色のロングヘアは美容院でアップスタイルにしてもらい、華やかなヘアアクセサリーで可愛く仕上げてもらった。だけど、明るい髪色のままお見合いに来たせいで、母からの視線が痛い。

相手の方にいい印象を持ってもらうため、少しでも清楚に仕上げて来いと言われたのに、気にせずいつも通りにしてきたのは小さな抵抗だ。

メイクを美容院でお願いした際も、「華やかにしてください」とオーダーしたものだから、ラメが入ったアイシャドウが瞼《まぶた》の上でキラキラしている。

（二十八歳なのに、キラキラしすぎ？　さすがにやりすぎたかな……）

そう思ったところで、今更どうすることもできない。

そもそもランジェリーデザイナーとして働く風花は、いつも個性的な格好を好み、お淑《しと》やかさとは無縁。明るめの髪色が好きだし、ボーイズライクな格好も好き。時と場合によっては、ワンピースを着て女性らしい格好を楽しむのも好き。要するにファッションやメイクが好きなのだ。

そんな流行に敏感な今どき女子の風花だが、実は東京で百年以上続く皇族御用達《ごようたし》の老舗《しにせ》伝統和菓子屋、永寿桔梗堂《えいじゅききょうどう》の一人娘。今は家を出ているものの、いろいろな事情から親から勧められたお見合いを受けた。風花としては結婚願望なんてこれっぽっちもないのだが、ある重要な目的があったのだ。

相手は華月屋《かげつや》という、言わずと知れた西日本大手の百貨店の創業者一族の次男坊。

（貫地谷《かんじや》傑《すぐる》さん、三十歳って言ってたっけ……）

二十代の男性とは違い、大人の落ち着きを感じる。大手百貨店を創設した一族の子息とあって、所作のひとつひとつが美しく、育ちの良さが窺《うかが》えた。

意思の強そうな眉、奥二重のしっかりとした双眸《そうぼう》、すっと伸びる鼻筋に形のいい唇。完璧な配置で並ぶ美しい顔は、まっすぐと風花のほうを見据えている。時折向けられる笑顔は、爽《さわ》やかで素敵。美しく並んだ白い歯が眩《まぶ》しい。

そしてミディアムほどの長さの黒髪は、彼の凛々《りり》しい顔を引き立たせていた。

(格好いいのはもちろんなんだけど……美しいなぁ)

お見合い写真で事前に彼の顔を知っていたものの、実物は思わずため息が零《こぼ》れるほどの美形だった。

目の前の彼を見て、柄にもなく緊張してしまう。普段男性と接することが少ないからといって、こんなに緊張するなんて自分自身でも驚いている。

食事も終え、あとは若いふたりで……と言われ、部屋から両親と仲人《なこうど》が退室する。

風花は目の前にいる美男子にどう話を切り出せばいいか、タイミングを見計らいながらバクバクと胸を高鳴らせていた。

「あの……貫地谷さん、お話があるのですが」

「はい、何でしょう?」

イケメンがふんわりと顔を緩《ゆる》ませて微笑む仕草に、つい見惚れてしまう。眼福とはまさにこのこと、ずっと見つめていたい気持ちになり目が離せない。

優しい眼差しを向けられ、さらに鼓動が速くなる。

(ああ、緊張する。心臓が口から飛び出しそう)

今から提案することを聞いたら、どう思うだろう。下手すれば怒らせてしまうかもしれないと思いつつも、話があると切り出してしまった手前、後に引けなくなった。

躊躇《ためら》ってなかなか話し出せないでいると、傑は不思議そうな表情を浮かべる。しかし急《せ》かすことはなく、ゆっくりで構わないと大人の余裕で包み込んでくれる。

どこまでも素敵だなと思わざるを得ない。

(言え、言うんだ。私！)

しばらくして心の準備が整った風花は、すうっと息を吸い込み、ゆっくりと話し出した。

「あの……ですね。私、子どもが欲しいんです」

たっぷりと間をあけて話したことがそれか、と驚いた様子を見せたあと、傑は嬉しそうに微笑む。

「はい。それは僕も同じ気持ちです。結婚するからには、家族が増えてほしいと思っています」

「あ、いえ……そういう意味ではなくて。子どもだけが欲しいっていうか……」

「え？」

あまりにも不躾《ぶしつけ》なことを言っている自覚があるため、どんどん声が小さくなる。

穏やかだった傑の表情がみるみるうちに硬くなって、さっきまでの柔らかい雰囲気と笑みが消えた。

「……それは、どういうことですか？」

「えっと……入籍せずに、私と子作りしてもらえませんか？」

そう、これが風花がお見合いを受けた、重大な目的だった――

1

遡《さかのぼ》ること、一週間前。

父から「新作の和菓子が完成したから食べに来い」と呼び出され、久しぶりに実家に帰ったことから、この件は始まった。

風花は現在、実家には住んでおらず、実家から二駅離れた場所でひとり暮らしをしている。

風花の手掛けるデザインが人気になり、大手下着メーカーのランジェリーデザイナーとして少しずつ名が知られてきたところだ。

高校在学中に友人に貸してもらったファッション雑誌を見て、それまで知らなかったジャンルの服やモデルたちに感銘を受けた。

今まで自分は清楚で大人しい格好ばかりさせられていたが、世の中にはこんなに刺激的で個性的な服があるのだと驚いた。それだけじゃない。肌の露出の多い服だったりボーイッシュな服だったり、様々なものがある。

それらに興味を抱いた風花は、やがて自分も服のデザインをしてみたい、自分の考えた服を作りたいと考えるようになった。

エスカレーター式のお嬢様学校に通っていた風花だったが、反対する両親を必死に説得し、高校卒業後はファッションの専門学校を選んだ。その結果、デザイナーになるという夢を叶えたのだ。

両親は風花に和菓子屋を継いでほしいと望んでいたし、自分たちの代で永寿桔梗堂を終わらせてはいけないと思っている。だから今でも「気が変わらない？」と聞かれることがあるが、その都度断っている状況だ。

（だって……私には好きな仕事があるし）

なりたくて、なりたくて、必死に勉強して、コンテストで受賞して、努力を積み重ねてやっと手にした仕事だ。簡単に手放すなんてできない。

（永寿桔梗堂のことは好きだし大切だけど……でも、自分のやりたい仕事を捨てることはできない）

そう、好きだけど継ぐ気にはなれない――それが風花の気持ちだった。

実家への帰り道にそんなことを思い返しつつ、今回の父の和菓子はどんな出来栄えだろうと想像して胸を躍らせる。

風花は小さい頃から、和菓子に囲まれて生活していた。

季節ごとの新作や、この時期にしか食べられない和菓子がある。夏が終わり、そろそろ秋めいてきたこの時期は、秋の看板メニューの栗蒸しようかんがイチオシだ。

ようかんの上品な甘みともっちりとした食感、大きな栗のほっくり感が味わえる贅沢《ぜいたく》な一品で、風花の大好きなお菓子だった。

毎年風花に一番に食べてほしいという父の希望もあって、今回誘いを受けたのだ。

風花の実家は、東京の中でも富裕層が暮らす高級住宅街にある。祖父の代から住んでいる日本家屋の周りには立派な庭が広がり、家の中はガラス張りになっているところが多い。どこからでも立派な日本庭園を眺められるように設計されている。

いつも通りに家に入ってすぐにリビングへ向かうと、そこであるものを発見した。

「お父さん、何これ……」

今日は休みだという父と、専業主婦の母がニコニコとしながらこちらを見ている。その笑顔が何だか怪しくて、風花は眉根を寄せる。

テーブルの上に置かれたフォトアルバムを恐る恐る開けてみたら、そこにはスーツを着た端整な顔立ちの青年が写っていた。

（誰、これは？）

若い頃の父とは違うし、従兄弟《いとこ》にこんな人はいなかったはず。これは誰かと聞いてみると、父が喜々として話し出した。

「この人は貫地谷傑さんといって、華月屋の社長の息子さんだ。風花のお見合い相手にどうかって、知り合いからおすすめされたんだ」

「へえっ⁉」

「風花の旦那さんになるかもしれない人だよ」

「い、いやいやいやいや……」

（私がお見合い？　突然、何を言い出すの）

写真に写っている男性は、ものすごく素敵な人だと思う。

写真の姿しか見ていないが、爽《さわ》やかで優しそうで、真面目な感じが伝わってくる。

大手百貨店、華月屋の社長の息子だというのだから、家柄もいいのだろう。

文句のつけようがない素晴らしい人だとは思うものの……いきなりのことで拒絶反応が起きてしまう。

「私はいいよ、結婚願望ないし」

「風花ももう二十八歳なんだよ。このまま一生独身なんて、お父さんは悲しい」

「そうよ。三十代になる前に結婚相手を見つけておいたほうがいいわ。素敵な男性は、すぐに売り切れるものなのよ」

両親揃ってお見合いを猛プッシュしてくるので、思わず後ずさる。

「私、今は仕事に夢中だし、結婚して誰かと一緒に住むなんてことも想像できないよ。相手は由緒正しい家柄の人みたいだし、結婚相手には専業主婦になってほしいと思ってるかもしれないじゃない」

現在、風花は次のシーズンに出る下着のデザインを担当している。風花がそこのティーン向けのブランドを担当するようになって、劇的に売り上げが伸びた。

今の仕事は、数々のコンテストに応募して実績を積んで、たくさん営業にも回り、苦労して手にしたものだ。やっと自分のデザインが認められて仕事が安定してきたのに、それを手放して家庭に入るなど考えられない。

「会う前から無理だと決めつけるのはいけないよ。彼はそれでもいいと言ってくれるかもしれないだろう？」

百聞は一見に如《し》かずと言うし、会ってもいない人を最初から否定するのはよくないというのは分かっている。

しかし乗り気でないのに、わざわざ時間を作ってもらうのは、相手に対して失礼だと思う。

「悪いけど、断っておいてくれる？」

「お願いだ、一回だけ会ってみてくれ。先方との付き合いもあるし、無下《むげ》にはできないんだよ」

「お願い、風花」

断ってもふたりがかりで懇願されて、逃げ場を失う。

取引先の人からの紹介ならば、厚意を突っぱねるのが失礼にあたるのは分かる。父が断れない性格なのも知っているので断るのは可哀想だけれど、安請け合いはできない。

「仕事が好きで結婚願望がないことは理解しているつもりだよ。風花の人生だから、好きに生きて幸せでいてくれたらいい。だけど、結婚を悪いものだと決めつけてしまうのは、勿体《もったい》ない。してみないと分からないことはたくさんあるし、案外いいものかもしれないだろう？」

やってみてダメなら、離婚すればいいだけのこと。一度きりの人生なのだから、何事も経験してみるべきだと説得が続く。

（まあ……確かに、そうだけど……）

「あと……この永寿桔梗堂のことを少しでも思うなら、跡継ぎ問題を一緒に考えてほしいんだ」

永寿桔梗堂は、高祖父から代々継いできた大切なお店なので、父の代で終わらせてしまうことだけはしたくないと言う。

一人娘の風花が継ぐつもりがないのは理解しているが、店を継続したい気持ちと、結婚相手が継いでくれるのではという期待があるようだ。

「この……貫地谷さん？　って人は、継いでもいいって言っているの？」

「華月屋の次男さんだから、継いでくれる可能性があるね。そこは相談する必要があると思う。あとは、子どもができれば……その子が店を継いでくれるかも、なんて」

今まで目を逸らしていた永寿桔梗堂の跡継ぎ問題。父は、外部から来た人に会社を譲ってしまうことに抵抗感を抱いている。大事にしてきた店だからこそ、家族で守っていきたいという気持ちが強いことは昔から知っていた。

今まで風花が何不自由なく生活してこられたのは、間違いなく両親のおかげだ。一人娘ということもあって、小さい頃から大事に育ててもらったし、裕福な暮らしをさせてもらった。

風花がファッションの専門学校へ行きたいと言ったときも、自分のやりたいことを優先させてくれた恩がある。

風花のことが大事だからこそ、永寿桔梗堂の未来よりも娘の気持ちを優先してくれた優しい両親だ。そんな両親の願いを無下《むげ》にはできない。

（子ども……か）

確かに父の言うように、風花に子どもができれば、その子が永寿桔梗堂の後継者になってくれる可能性がある。

自分がしたくないから押し付けるというわけではないが、その子がしたいと興味を示してくれるなら話は別だ。

（あくまでも、少しの可能性が生まれるってだけだけど……）

そもそも風花がこんなに結婚願望がなくなってしまったのには、過去の恋愛経験が影響している。

男性と交際したのは、学生の頃一度だけ。

ファッションの専門学校の同級生で、風花と同じようにファッションデザイン専攻の個性的な男性だった。同じ道に進んでいることもあって、一緒にいるのが楽しかった。

しかし、初めての彼氏に舞い上がって、喜んでいたのも束の間。

課題に忙殺されている間に、学校以外で会う時間がなくなってしまった。これではいけないと彼の住むマンションへ突然訪ねたところ、同じクラスの女子と浮気しているところを目撃してしまったのだ。

それから何年も恋人がいない。もう恋愛などしなくていいと固く決意するほど、あのときは傷ついた。

（結婚して浮気なんてされたら、絶対に立ち直れないし）

男性全員が浮気するとは思わないが、最初から期待しないようにと、予防線を張るようになってしまった。心底信頼してしまったあとに裏切られるのは辛いから。

その点、仕事は裏切らない。

努力したぶんだけ、成果が得られる。たまにうまくいかないときもあるけれど、自分のやりたいことをやっているのだからと、どこまでも頑張れる。

そういうわけで、風花は恋愛に対して完全に心を閉ざしてしまったのだ。

(そんな私が、結婚なんて絶対ムリだよね。なのに、子どもができたらなんて飛躍しすぎだ)

一瞬、微《かす》かな光を見出《みいだ》した気がしたものの、自分のトラウマを思い出してうまくいかないだろうと淡い期待をかき消す。

「風花、お願いだ。一度会ってみるだけでいいから」

父の懇願するような声から察するに、断れば相手との関係が悪化してしまうのだろう。ここは両親のために一度会うべきかと観念する。

(子ども云々より、まずはお見合いをどうするかが問題よね。とにかく一度会うしかないか)

「……分かったよ」

「ありがとう、風花！」

新作の和菓子を食べに行ったはずが、まさか見合いの話をされるとは。まんまと引っかかってしまった、と悔しく思いながらマンションへ帰る。

「はあ……」

両親から受け取ったお見合い写真をもう一度見て、非の打ち所がないイケメンに話しかける。

「私と会ったことがないのに、どうしてお見合いしようなんて思ったの？」

写真に話しかけても、返事なんてこない。それでもいろいろなことを考えて、ああでもない、こうでもないと頭を悩ませる。

〝子どもができれば……〟

父の言葉を思い出して、もし自分に子どもができたら、と想像する。

結婚願望はないものの、自分の子どもには興味がある。

一生独身でもいいけど、我が子は見てみたい。どんな顔で、どんな性格で、どんな人生を歩んでいくのだろう。興味がある。

誰かのために自分のライフスタイルを変えるなんて考えられないけれど、自分の子どものためであれば、受け入れられるような気がする。どんなに大変でも子どものためならいいと思えるに違いない。

出産した友達が、「自分の子どもはすごく可愛い！」と幸せそうにしていた顔を思い出すと、途端に子どもと支え合って生きていきたい気持ちが溢《あふ》れてきた。

ふわふわで、繊細で、天使のような自分の子どもを抱っこしている場面を想像して、胸が高鳴る。

「これって……アリ、かも」

結婚せずに子どもだけ産む。そういう人も、最近いると聞く。

だったらこのお見合い相手に、その相手になってもらうのはどうだろう？

よく知りもしない風花と見合いをすると決めている人だ。風花のことに興味がないわけではない。その上、素性も分かっているし、安心だ。

それに、彼が承諾してくれるのなら、精子だけ提供してもらって人工的に子どもを作ることもできる。風花としても、好きでもない相手とそういう行為をするのは気乗りがしない。

問題は、相手にどう持ち掛けるかだ。彼には何と言えばいい？

結婚せずに子どもだけ作りたいなどというとんでもないことを、果たして聞き入れてくれるだろうか。

「ああ……無謀かな……」

いいアイディアが浮かんだと思ったが、現実はそう甘くないだろう。

「もし、受け入れてくれそうな人なら……」

結婚はせずに子作りだけ協力してもいいと言ってくれそうな人なら、相談してみてもいいかもしれない。

これは一か八かの大きな賭けだ。彼が協力者になってくれるかどうかで、この計画が遂行できるかが決まる。

あとは当日に本人の様子を見て、判断しようと決めた。


――そして日曜日。


「本日はお日柄もよく、このたびは貫地谷家御子息、傑様と柳家ご息女、風花様のお見合いということで、私、おかゑの当主である岡江佐兵衛《おかえさへえ》がおふたりの顔合わせの仲人《なこうど》をさせていただきます」

仲人《なこうど》である岡江佐兵衛は、七十を過ぎた恰幅のいい貫禄のある男性だ。

渋い色の色紋付を見事に着こなす岡江は、どこからどう見ても一流の風格で、全体の空気が締まるのを感じた。

おかゑとは京都に本店を構える老舗《しにせ》呉服店。舞妓や芸妓の衣装提供をしており、誰もが知る有名企業である。その会長である岡江の計らいで、今回の縁談が舞い込んできたらしい。

「貫地谷さんは、華月屋を創業されたご一族です。お父様であるこちら、龍之介《りゅうのすけ》さんが現在の代表取締役。その次男様が、今回風花さんにご紹介する傑さんです」

「どうも」

岡江が紹介した男性――傑は、風花に向かって軽く頭を下げる。

実物を見ても、女性に困らないであろうルックスだ。何度見てもため息が出てしまうほどの男前で、「お見合いなんてする必要ある？」と本当に不思議に思う。

フルオーダーであろう仕立てのいいスーツに身を包む傑を、隣にいる風花の両親も「素敵な人だ」と見惚れていた。

「現在、傑さんもお兄様とともに華月屋の役席としてお仕事されています」

華月屋の跡取りになるのは長男で、彼が社長になったあと、傑がその補佐をする予定なのだとか。

「こちらは、柳風花さん。永寿桔梗堂のお嬢様です。永寿桔梗堂さんには蒔物菓子《まきものがし》の用意をするときに本当にお世話になっていましてね。毎回こちらにお願いしているんですよ」

永寿桔梗堂は、生菓子や半生菓子、干菓子など、あらゆる和菓子を取り扱っている。おかゑは贔屓《ひいき》にしてくれる上顧客で、事あるごとに永寿桔梗堂を利用してくれていた。

「お嬢様だなんて、そんな」

褒めてもらうような存在ではない、と風花は岡江の紹介に恐縮する。

（はあ……なんだかいたたまれない）

そんなことを心の中で呟《つぶや》いていると、傑がにこやかに話しかけてきた。

「風花さん、そんなご謙遜《けんそん》を。永寿桔梗堂さんは、うちの百貨店でも大変人気のブランドです。わざわざこちらのお菓子を買うために遠くから足を運ばれるお客様も多いんですよ」

華月屋の関西店舗にどうしてもとお願いされて、一年前から永寿桔梗堂の和菓子の販売を始めた。それまでは関東でしか手に入らなかった高級和菓子ということもあって、とても人気らしい。

しかし、風花は店の経営に関わっていないため、そのあたりの事情がよく分からない。どういう反応をしていいか困っていると、風花の父が話し出した。

「傑さんは、うちの店を継いでもいいと思ってくださっていると聞きましたが」

「はい。華月屋は、兄が継ぐ予定ですし、僕が抜けても問題ありません。それよりも伝統ある永寿桔梗堂さんが後継者として必要だと思ってくださるのなら、僕は力になりたいと思っています」

（えええーっ。そうなの？　これじゃあ、ますますお父さんが気に入っちゃうじゃない）

何が目的なのだろう？　と風花は怪しむ。

もしかして彼は、永寿桔梗堂を継ぎたくてこの結婚を決めたのだろうか。

しかし華月屋の息子だ。事業も成功しているし、お金に困っている感じでもない。

わざわざ他の事業に携《たずさ》わりたいなんて、もしや傑は変わり者なのだろうか。それとも華月屋の跡継ぎ問題で揉めている？

何か裏があるのではないかと不審に思って警戒するが、会話の端々からそういったものは見当たらない。傑の両親もとても感じのいい人たちで、ただ純粋に息子の結婚を望んでいるふうに見える。

「風花さんは、ランジェリーデザイナーなんですよね。なかなか就ける仕事ではないですし、好きなことを仕事にできるなんてすごいですね」

「はは、どうも……」

「結婚したあとも、お仕事は続けてもらって構いません。最近では夫婦共働きの家庭が多いですから」

しかも仕事に対しても理解のある人だ。

結婚相手として申し分がないのに、さらに風花の実家の跡継ぎになってくれるという。これ以上ないくらい好条件な人だろう。

（でも、やっぱり結婚は、ちょっと……）

恋愛結婚ならまだしも、お見合いで結婚などしたら、愛情がない結婚生活を送ることになるかもしれない。ふと、浮気をされた過去が頭を過《よぎ》る。あんな惨《みじ》めな思いをしながら結婚生活を送ることを想像するだけで、身の毛がよだつ。

今回のお見合いは、顔合わせをしてみて大丈夫そうなら子作りのことを提案し、その用件が済んだら破談にするつもりでやってきた。

傑も乗り気でないことを期待したが、そうではなさそうだ。家のために結婚すると覚悟しているのか、単純に風花のことを気に入っているのかは分からない。

「風花さんは、乗馬が趣味なんですか？」

「あ、はい……。昔、習っていたことがあります」

「僕もなんです。一緒ですね。なかなか乗馬をやっていたという人と出会わないので嬉しいです。共通の趣味があるっていいですね」

傑は、口数の少ない風花に気を使ってか、この場を和《なご》ませようと話しかけてくれる。答えやすいような話題ばかりなので、返事がしやすい。

（貫地谷さん、女性に人気だろうな。感じもいいし、御曹司だし。いい大学を卒業しているみたいだし、頭もいいなんて、悪いところが見つからない）

風花の契約している大手下着メーカーの女子たちに話したら、「その人、紹介して!!」と血眼《ちまなこ》になって言われるだろう。

（ほんと、何でお見合いなんてしたんだろう）

そんな疑問を抱きつつ、両親とともに食事を済ませると、風花は傑と部屋にふたりきりにされた。

「ふたりきりだと緊張しますね」

「そうですね……」

ははは、と笑いながら、傑は話しかけてくる。脚を崩しましょうと言われ、お互いに正座から座りやすい姿勢に変えた。

「風花さんは、やっぱり和菓子が好きなんですか？　洋菓子はどうですか？」

「洋菓子も好きですよ。何でも食べます」

「そうですか。美味《おい》しいケーキ屋があるんですが、知っていますか？　季節のフルーツをふんだんに使ったタルトが絶品の、ラグジュ・ボヌールという店なんですけど――」

「え、ラグジュ・ボヌールですか⁉　あそこって、半年くらい前に予約しないと買えない店ですよね？　どうして買えるんですか？」

思わず身を乗り出して尋ねてしまった。ちょうど、ラグジュ・ボヌールのぶどうや柿、イチジクがたくさん載ったオータムフルーツのタルトを一度でいいから食べたいと思っていたところだったのだ。

「僕は百貨店勤務ですから、バイヤーの繋《つな》がりがあるんです」

「そうなんですか、羨《うらや》ましいです」

「じゃあ、今度一緒に食べましょう。風花さんの欲しいものを教えてください。用意します」

「いいんですか？」

タルトが食べられる！　と舞い上がったあと、ふと我に返って俯《うつむ》く。

（何を楽しんでいるの！　相手のペースに呑まれて会話している場合じゃない）

結婚の意志はないが、例の件をお願いしたいという話をするために今日来たんじゃないか、と自分自身に言い聞かせる。

（それにしても格好よすぎる……直視しづらいな）

向こうは風花のことを品定めするように、上から下まで見てくる。

こんなにじっと見られたら、メイクが濃いだとか、思っていたよりも髪の色が明るいだとか、よく思われていないのではないかと不安になってくる。

清楚なお嬢様ではないと、がっかりさせてしまったかも。

（いやいや、気に入られなくてもいいんだけど）

だから相手から断られたら、それはそれでいいと思っている。

しかし――

「風花さんとお会いできて、嬉しいです。ずっと話してみたいと思っていたんですよ」

予想外にも、傑はふたりきりになっても好意的な態度を取ってくる。もしかして、本当に結婚する気なのだろうか。

しかし風花と結婚するということは、永寿桔梗堂の未来を背負わなければならない。

跡継ぎのいない柳家にとって、風花の結婚相手になるイコール永寿桔梗堂の跡継ぎになることを指している。

傑はそれでもいいと今回の見合い話を承諾しているようだが、本当に納得しているのかまでは不明だ。そのあたりを探るため、聞いてみることにする。

「あの……貫地谷さんは、仲人《なこうど》さんに言われて、仕方なくここに来たわけではないのですか？」

「違いますよ。自分の意思で来ました」

「そうですか……」

自信たっぷりにそう答えられ、乗り気でないのが自分だけだったと思い知る。

そうなると、彼は風花を結婚相手として認めているということだ。

すなわち、この先の人生を一緒に歩んでもいい相手だと思ってくれているということ。

（ってことは……もしかしたら、もしかする？）

この人なら、子どもだけ欲しいという風花の協力者になってくれるかもしれないと思い始める。

（これなら、頼めるかもしれない）

傑の優しい雰囲気と真面目そうな気質を見て、信頼できる人だと判断する。

結婚に興味がないとはいえ、自分の子どもを見てみたい気持ちが再び急速に膨らんでいく。できれば男の子を育ててみたい。

出産にはタイムリミットがあると聞くし、早いうちに産んでおいて損はないだろう。もし孫が生まれたら両親も焦らなくて済むかもしれない。今は一人娘の風花に全てを託せないかと必死だが、孫が生まれればその子が永寿桔梗堂を継ぐ可能性が出てくる。

(子どもに押し付けるわけじゃない。だけど、その子がもし和菓子に興味を持って継ぎたいって言ったら、そのときは継がせてあげたい。嫌ならそのときに改めて後継者問題を考えるとして)

そう決めたのなら、行動あるのみ。

他愛もない話をいくつかしたあと、風花は緊張しながら話を切り出した。

「あの……貫地谷さん、お話があるのですが」

「はい、何でしょう？」

今から突拍子もないことを言われるとも知らずに笑顔で答える傑を不憫《ふびん》に思いつつ、本題に入る。

「あの……ですね。私、子どもが欲しいんです」

「はい。それは僕も同じ気持ちです。結婚するからには、家族が増えてほしいと思っています」

「あ、いえ……そういう意味ではなくて。子どもだけが欲しいっていうか……」

「え?」

何を言っているのだろうと、不思議そうにしている傑の表情に緊張する。

「……それは、どういうことですか?」

「えっと……入籍せずに、私と子作りしてもらえませんか?」

「入籍……せずに、ですか……?」

一瞬の間があって、傑の表情から笑みが消える。

「はい。私、結婚願望がないんです。今、好きな仕事をして、ひとりで生活していることに満足しています。しかし親がどうしても結婚してほしいと言うので、今日お見合いに来ましたけど……実は全然乗り気じゃなくて。でも子どもは欲しいと思っているんです。この先一生結婚しないような気がするので、子どもだけでも産んでおきたくて」

「結婚、したくないんですか……」

「そうですね。今はそんな気になれないです。仕事が楽しいので」

十八歳の頃から実家を出てひとり暮らしをしていることもあって、他人の生活に合わせる自分が想像できない。好きな時間に起きて、仕事をして、徹夜したり一日中寝たり、好き放題している。

ただ、子どものためだったら、できると思う。血を分けた家族だし、どんなことがあっても乗り越えられる気がするのだ。

「話を戻しますが、そんな理由があって、貫地谷さんに協力していただきたいんです。婚約していたら、そういう行為をしていても不自然じゃないですよね。妊娠したら婚約解消してもらって大丈夫です。性格の不一致とか、私のせいにしていただければ……」

付き合ってみて性格が合わなかった、でも子どもはできてしまった。だから、結婚はしないけれど出産するという流れに持っていけば辻褄《つじつま》が合うと考えた。

「私……こういうことを頼める男性の知り合いがいなくて。だから、今回貫地谷さんにご相談したんです」

仕事ばかりで、恋愛とは何だろうと思うほど、色恋沙汰からかけ離れた生活を送っている。

出会いもないし、男友達もいない。仕事関係もほぼ女性ばかりだ。

そんなとき現れたお見合い相手の貫地谷傑。

しかも傑はとても魅力的な男性だ。もし今回の縁談が破談になっても、問題なく次の相手が見つかるだろう。

「認知もしてもらわなくて結構ですし、一切子どもの責任は問いません。安心してください。何なら誓約書をお作りします。あなたが父親であることも絶対に明かしません」

懸念材料を少なくするため、風花は必死で説明する。けれど、言葉を重ねれば重ねるほど傑の表情がどんどん暗くなっていく。それにともない、なぜか不穏な空気を感じた。

（気を悪くしたかな、こんなことを言われて……）

友達に「風花は前触れもなく突拍子もないことを言うよね」と指摘されることがあるが、傑もそう考えているに違いない。思ったことはすぐ行動に移してしまう性分を少し反省する。

「すみません、変なことを言い出して」

「いえ……」

ひとこと謝ってはみるものの、傑の表情は冴《さ》えない。今から大いに非難されるのでは、と風花は縮こまる。

「もし僕が承諾しなかったら、どうするつもりなのですか？」

「それは……えっと……。誰か協力してくれる人をこれから探します」

男性との出会いは皆無だが、それでも何とかして探すしかない。

「他を、探すんですか……」

さっきまでの温かみのある茶色ではなく、真っ黒闇に堕ちて光を失ったような瞳に睨《にら》まれる。

（ひえ……っ、何か地雷でも踏んだ!?）

永遠のように長く感じる沈黙が続く。

やはりコケにされたと怒っているのだろうか。イケメン御曹司の傑のことだから、今まで女性からこんなぞんざいな扱いを受けたことはないと、気を悪くしたのかもしれない。

両親も仲人《なこうど》も、こんな険悪なムードで話し合っているなどとは想像もしていないだろう。

ビクビクと怯《おび》えながら、風花は傑の返事を待つ。

「……分かりました、その役目、引き受けます」

傑は凄《すご》みを感じる真顔から一変、ぱっと笑顔に切り替えた。

（今、いいって言ったよね？　ってことは、オッケーしてくれたってことだよね？）

「ほ、本当にいいんですか？」

「いいですよ。その代わり、こちらにも条件がありますから」

含みのある言い方に、風花はごくり、と唾を呑む。

「あの……条件って、何ですか？」

「子どもができるまでの間、月に数回、僕のために時間を作ってください」

それはどういう意味なのだろう、と首を傾げると、傑が神妙な顔つきで話を続ける。

「僕と定期的に会って、婚約者のふりをし続けてほしいんです」

「え……？」

（婚約者のふりを続ける……？　なぜ？）

自分のことは棚に上げて、変なことを頼まれたと驚く。

「今回、お見合いを受けたのは両親を安心させるためでした。なのでそれなりに乗り気な振る舞いをしていましたし、あなたの家業を継ぐことも承諾していました。いったんはお見合い話を進めて、一定期間経過したら解消をお願いしようと思っていたんです」

「そうなんですか……」

「僕も適齢期ですし、両親から結婚をしてほしいと望まれています。あなたと婚約していれば、口うるさく言われないはずです。最終的に破談になったのなら、傷ついたふりもできますので、しばらくは結婚をすすめられずに済むでしょう」

「確かにそうですね」

「なので、しばらくの間、僕の婚約者として過ごしてください」

傑には傑なりの理由があるのだと納得する。こんなにハイスペックな人と恋愛したい、結婚したいと望む女性は多いはず。だけど、解消前提で婚約してくれる女性となると、すぐには見つからないだろう。その点、風花はお互いにメリットがあって婚約することになるので、後腐れなく付き合えるということか。

それならできる、と返事をしようとしたところで、傑は思い出したように口を開いた。

「ちなみに、子作りって簡単に言いましたけど、まさか精子だけ提供してくれとかそういうことですか？」

「え……っ」

ご名答、とは言い出せず、風花は顔を引きつらせる。

「それだったら、僕はお断りします。こちらの条件としては、ちゃんとした自然な方法で作ることです。それができるのなら、このお話を受けます」

「えええーっ」

まさかそうくるとは！

（なんで、なんで⁉　貫地谷さんの手を煩《わずら》わせたくないのに、どうしてそんなことを言い出すの？）

興味のない女と寝るなんてこと、普通はしたくないだろう。

なのに、営《いとな》むことを条件に出されるなんて理解に苦しむ。

この条件は一歩も譲りませんよ、という傑の強気な態度に、風花は思わずたじろいだ。

しかし、なぜ自然な方法を取ることが条件なのだろうか。

（もしかして貫地谷さんは、絶賛セフレ募集中だった？　結婚しなくていいのなら、セフレにでもしてやろうという魂胆なのかな……？）

風花は自分から酷い提案をしたにもかかわらず、何を企《たくら》んでいるんだろうと彼を警戒する。

「誤解しないでください。僕は、セックスがしたいわけではありません。そちらに関して不自由な思いをしているわけではありませんから」

（わあ……！）

生身の男性の口から「セックス」というワードが飛び出したことに、内心で激しく動揺する。

「僕も子どもは好きなので、父親になるのなら、ちゃんとした手順を踏みたいだけです。籍は入れないにしても、父親になるのだから、それなりの責任を感じて子作りをしたいんです」

つまりは、精子を渡すだけでは、実感が湧かない。ちゃんと行為をして、我が子を作るべきだということか。どうやら彼には譲れないこだわりがあるらしい。

「この条件が受け入れられないのなら、この話はなかったことにしましょう。風花さんからこんな提案を突き付けられました、とあなたの両親に話してもいいんですよ」

「ぐ……」

それを言われると、何も言い返せなくなる。

こんな失礼極まりないことをお願いしたなんて両親にバレたら、激怒されるだろう。

「で、でも、子どもを一緒に育てることはないんですよ？　父親の実感が湧いたら、子どもを手放すのが惜しくなりませんか？」

「大丈夫です、心配ありません。妊娠したら、そのあとは潔《いさぎよ》く身を引きます」

「そうですか……」

きっぱりと言い切られると、それ以上突っ込めなくなる。

ただ単にセックスがしたいだけというよりは、子どもを授かるための過程を一緒に味わっていきたいということか。確かに新しい命を作っていくのだから、淡々とした作業であるよりはいいかもしれない。

しかし――

「私と……そういうことが、できるんですか？」

「はい。できます」

恥ずかし気もなく堂々と答える傑が清々《すがすが》しい。

男性は、愛情がなくても性行為ができると聞いたことがある。愛情と性欲は別物なのかもしれない。

そもそも、こちらから提案した子作りなのだから、恥ずかしがっている場合ではない。

傑のように割り切るべきだと自分に言い聞かせる。

（こっちだって生半可な気持ちじゃないんだから）

ひとりで育てていく覚悟があって、この提案をしたことを改めて心に刻み、自分を奮《ふる》い立たせる。

「分かりました。それでお願いします」

「では、後日この件について詳しく決めましょう」

まるで仕事のアポを取るように、次に会う日を決めた。そうして、善は急げということで二週間後の週末、傑の仕事が終わったあと食事に行くことになった。

2

見合いのあと、両親に傑とのことを前向きに考えていると話すと、すごく喜んでもらえた。

まさか、ふたりが子どもを作るためだけに婚約するなんて微塵《みじん》も思っていないだろう。嘘をついているようで罪悪感で胸が痛んだ。

（けど、後には引けない）

やると決めたら、やる。

固く決意した風花は、平日の間に自分でできることを進めた。

傑と次に会うまでに、お互いの体に問題がないか調べておこうという話になったのだ。ネットで調べて、家の近所のクリニックへ向かい、ブライダルチェックを受けた。その結果を見て、ほっと胸を撫でおろす。ここで何か問題があったら、前途多難になっていたはずだ。まずは第一関門を突破した。

そんなとき、スマホにメッセージが届く。

誰からだろう、とメッセージアプリを開けると、貫地谷傑と名前が表示されていた。

【今日の七時に、風花さんの自宅まで迎えにいきます。場所を教えてください】

「ひえっ」

傑からの連絡に胸が跳ね上がる。

（そうだ、今日会う約束をしていたんだった）

男性からのメッセージに慣れていないため、風花は慌てふためく。

すぐさま【迎えに来てもらうなんて申し訳ないです】と返信した。男性に自宅の場所を教えるなんてしたことないし、聞かれても大体の場所しか言ったことがない。

しかし、ふと考え直す。傑はそこまで警戒しなくていい相手だった。

一応、風花の婚約者であるし、妊活協力者なのだ。自宅の場所を知ったところで、悪さをするような男性ではない。

「そうか……貫地谷さんには教えてもいいのか」

そんなことを考えていると、もう一度メッセージが届いた。

【気にしないでください。車で迎えにいきますので、自宅付近の地図を送ってください】

そう言ってもらえるのなら、と自宅位置を示した地図のＵＲＬを送った。

傑と会うことに緊張しながら、ソファから体を起こす。そして夕方までもう少し仕事を進めようと、ローテーブルに置いてあるタブレットを起動した。

来年の春夏シーズンのブラジャーのデザインを考え、ある程度できたところで出かける準備に取り掛かる。

「さすがに今日は、何もしないよね」

妊活をお願いしたものの、今日は今後のことを話し合うために会うだけ。何もしないはずだから、気負わずに会いにいこうと考える。

しかし、男性とふたりきりで出かけるなんていつ以来だろう。何を着ていくべきか頭を悩ませながら、お風呂に入る。その結果、服は上品なワンピースを着ることにした。

夜になると肌寒いかもしれないので、カーディガンを肩からかけると、どこからどう見てもお嬢様スタイルに仕上がった。御曹司の隣に相応《ふさわ》しいであろう格好になったと満足する。

約束の時刻の少し前に、待ち合わせ場所に決めたマンション近くのコンビニの前に向かうと、すでに傑の車が停車していた。

「わ……」

ドイツ製の高級車の前に立って、風花が来るのを待っている。

雑誌の一ページのように様《さま》になっている彼の姿はスタイリッシュで、周囲を歩く女性の視線を集めていた。スリーピースのスーツを着て、腕時計を見ている長身のイケメンは、そこにいるだけでかなり目立つ。

街中で見ると、こんなに輝いて見える人だったのかと、改めて傑の格好よさを実感してしまった。

しばらく遠目から見ていると、傑は腕時計から顔を上げ、周囲を見渡した。風花の姿を見つけた途端、ぱっと表情が明るくなる。

「風花さん、こちらです」

（ああっ、そんなふうに呼ばないで……）

傑がそう声をかけると、周囲にいた女性たちの視線が一斉にこちらに向いた。

あの素敵な男性の相手がどんな女性なのだろうと、品定めするような鋭い視線が痛い。

傑は風花のもとへ近づくと、手を差し伸べてエスコートしようとする。

「いや、あの……」

「手を貸してください」

こんな扱いされるなんて初めてで、どうしていいか分からない。しかし傑にとっては普通のことらしく、流れるような仕草で風花の手をそっと掴《つか》む。

彼に導《みちび》かれるまま車の傍まで歩くと、助手席のドアを開いて座るよう促《うなが》された。

（すごい……貫地谷さん、王子様みたいだ……）

小さい頃から躾《しつ》けられ、自然と身についているのであろう仕草の数々に圧倒される。

運転席に乗り込んできた傑は、エンジンをかけると風花のほうへ顔を向けた。

「僕の家に行こうと思いますが、いいですか？」

「え……っ、家ですか？」

今日は、てっきりレストランにでも行くのかと思っていたのに、まさか家とは。

自宅はもう少し仲を深めてから行くべきなのではと返事に戸惑っていると、傑が風花の様子を窺《うかが》いながら話を進める。

「そんなに警戒しないでください。子どもを作る云々の話を外でできるわけがないでしょう。個室の店だったとしても、従業員は必ずいますから」

「ごもっともです……」

「では、向かいますね」

そう言って車を発進させようとした傑だったが、助手席でカチコチに固まっている風花を見て、ふっと笑った。

「な、何ですか……？」

「風花さん、意識しすぎですよ。もう少しリラックスしてください」

「は、はい」

「何の変哲もない面白味のない部屋ですから。あまり期待しないでくださいね」

「またまた……」

緊張で口数が少なくなっている風花を気遣って、傑は他愛ない会話を始める。

「今日も仕事だったんですか？」

「あ、はい……。私の場合、家で仕事をしているので、ずっと仕事のような、プライベートのような。何をしていても仕事のことを考えている感じですが」

デザインが浮かばないときは、ネットサーフィンをしたり、動画を見たりして時間を過ごしてしまう日もある。だけど、そうやってダラダラしたあとに、ふとアイディアが浮かんできたりするのだ。

「自分でデザインを考えるっていうのがすごいですよね。僕にはできないです」

「そうですか？」

「そういうセンスはないから、尊敬します」

（褒められた……）

そんなふうに言ってくれた男性は初めてだ。というか、ビジネス以外で男性とこうして話をする機会なんてそもそもないのだけど。

そうやって自分の話をしていると、少しずつ肩の力が抜けてきた。

しばらくすると車は左車線に移動し、あるマンションの近くでウィンカーを出した。

「僕の家はここです」

「すごいところですね……」

車の窓からマンションの一番上を見ようとすると首が痛くなるほど、高層だ。港区エリアの一等地に立地しているタワーマンションは、夜の街に溶け込んで美しく輝いている。

「ご実家にお住まいかと思っていました」

「四六時中家族といるのは疲れますし、ずっとひとり暮らしをしています」

マンションの地下に潜《もぐ》り、車が停車する。成功者しか住んでいないような高級なマンションの駐車場は、想像以上に広い。

エントランスに上がると、開放感のある吹き抜けの天井に圧倒される。手前には大きなコンシェルジュカウンターがあり、キャビンアテンダントのような格好をしたコンシェルジュたちが風花たちを迎えた。

「おかえりなさいませ」

コンシェルジュカウンターの奥にはレセプションラウンジやプライベートラウンジがあって、来訪者や住居者がくつろげるスペースになっている。

タワーマンションの存在は知っていたものの、実際入ったのは初めてで、ついラグジュアリーな空間を隅々まで見入ってしまう。

「こんなところに来たの、初めてです……」

「そうですか？　意外です。風花さんは驚かないと思っていました」

傑は風花も同じくらいの生活水準の人間に見えていたらしい。だから、こんなリアクションをするなど予想外だったのだろう。

「昔はそれなりだったかもしれませんけど、高校を卒業してから家を出ているので今は一般人です」

小さい頃は名家の娘として、あらゆる習い事をさせられていた。

習字、そろばん、華道、日本舞踊、ピアノ、乗馬など、教育は厳しかったと思う。

私立の名門小学校に入れられ、エスカレーター式に高校まで進んだ。そのあと大学に進学を望まれていたが、どうしてもファッションの道に進みたくて親を説得したと、傑に話す。

「高校を卒業してから……ですか」

「親に決められたレールを歩くのに疲れちゃったんですよね。だから、家を出て好きな仕事をして、ひとりで暮らしています。だからこんな華やかな生活とは無縁でした」

「別に華やかな生活なんて送っていませんよ。利便性がいいからここに住んでいるだけです。僕はワンルームマンションでも、ボロ家でもいいんですよ。そこに大切な人がいるなら」

最後の一言にドキッと胸が跳ねる。

(見た目通り、誠実な人って感じの言葉だなぁ)

そんな素敵な考えを持っている人に、改めて失礼なことをお願いしたのだと自覚して心が痛む。

そうやって話しながら歩いていると、やがて広々としたエレベーターホールに出た。低層階用のエレベーターと、高層階用のエレベーターに分かれている。

「うちは三十二階の角部屋です」

「三十二階……上のほうですね。最上階は何階なんですか?」

「三十二階です」

(ほう……最上階に住んでいるのね……)

さすが華月屋の御曹司。どこまでもセレブリティだと思いつつ、エレベーターに乗り込む。

住居フロアに到着し、案内する彼の後ろについて内廊下を進んでいく。

「ここです」

扉を開けて中に入ると、広々とした玄関が現れた。白で統一された壁紙や床は、清潔感がある。

「綺麗ですね」

「部屋が汚いと落ち着かないんです」

「そうですか……」

風花は自分の部屋を思い出して、傑には絶対に見せられないなと遠い目をする。

ゴミ屋敷とは言わないが、仕事の資料で溢《あふ》れているのだ。

「お腹空いていますか？　食事にしようと思うのですが、いかがでしょう」

「あ、はい……。お腹、空きました」

昼に起きてから、そのまま仕事をしていたので空腹だ。

「適当にオーダーしておいたので、もうすぐ届くはずです。風花さん、お酒は飲めます？」

「はい」

リビングにバッグを置かせてもらい顔を上げると、壁一面が窓になっていることに気づく。大きな窓から東京湾とビル群が美しく輝く夜景が広がり、ロマンティックでうっとりと見惚れた。

「わあ……綺麗」

「どうぞ、ソファに座ってください」

窓に張り付いて外を眺めていた風花に、傑はシャンパングラスを差し出す。ゴールドに輝くシャンパンからキラキラとした泡が揺らめいていた。

「ありがとう……ございます」

「まずは乾杯」

傑と風花はソファに座り、お互いのシャンパングラスを重ねて乾杯をした。

シャンパンに口をつけると、微炭酸が口の中を刺激して心地いい。口あたりのいい味わいと爽《さわ》やかに香るアルコールが飲みやすい。

「ふう……」

「お口に合いましたか？」

「はい、とっても美味《おい》しいです」

まだそんなに飲んでいないのに、もう気持ちがふわふわしてきた。このあとの料理も楽しみで、自然と顔が緩《ゆる》んでくる。

「この前のお見合いのときと、雰囲気が違いますね」

「そうですか？　あ、そうか。この前は着物でしたもんね」

髪も纏《まと》めていたけれど、今日は緩《ゆる》く巻いて下ろしている。雰囲気が違って当然だ。

傑は、着物姿のしおらしい雰囲気が好みなのだろうか。それとも今のような感じ？と、ふと考える。もしかして今日しているような格好よりも、もっとカジュアルなほうが好きかもしれない。

（……って、そんなこと気にしなくていいじゃない）

恋仲になる予定じゃないし、好きになってもらう関係でもないと、風花は頭の中を切り替える。

自宅に帰ってきてリラックスしたのか、傑はジャケットを脱ぎ、ベスト姿になった。そしてシャツの袖ボタンを外し、捲《まく》り上げる。血管の浮かぶ男らしい腕と、手首にある大きめの腕時計が色っぽくて目が離せなくなる。

「お待たせして申し訳ない。そろそろ料理が来ますよ」

「は、はい……」

空腹に耐えきれなくなって、彼の時計を見てそわそわしていると思われたようで恥ずかしい。

しばらくすると、インターホンが鳴り、お店のスタッフらしき男性がやってきた。料理を運んできただけでなく、テーブルの上にちゃんと並べてレストランのように準備をする。

広いダイニングテーブルの上に、美味《おい》しそうなフランス料理が並ぶと、風花と傑は向かい合ってそれらを食べ始めた。

前菜の盛り合わせプレートと、じゃがいものポタージュ、牛ほほ肉の赤ワイン煮込みなど、どれも絶品で声を上げずにはいられないほどの美味《おい》しさだった。

「んー、美味《おい》しい」

「ここの料理、すごく美味《おい》しいんですよ。ボリュームもあるし」

　このマンションの近くにある人気店らしい。今日はケータリングしてもらったが、普段はこういうサービスはしておらず、傑が昔からよく利用している常連だから特別に受けてくれたそうだ。

「遠慮せずにたくさん食べてください」

「はい、ありがとうございます」

　目の前には、眉目秀麗《びもくしゅうれい》な男性。彼の背景には東京の綺麗な夜景が広がり、テーブルには美味《おい》しい料理とシャンパン。ふたりだけの空間で、気兼ねなく会話できる雰囲気も心地いい。

「風花さんは、普段どのように過ごしているんですか？」

「私、ですか？　えっと……月に数回ミーティングで会社へ行くぐらいで、それ以外は家でデザインを考えています」

「ずっと家にいるんですか？」

「そうですね、ほぼ家です。貫地谷さんは？」

　と、質問し返したところで、はっとする。

（何、気安く聞いているんだろう。聞かれたら嫌だったかもしれないのに）

　聞いて大丈夫だっただろうかと不安に思うが、傑は嫌な顔ひとつせずに答えてくれる。

「僕は普通のサラリーマンと同じように、毎日出社しています。店頭に立つことはなくて、オフィスで仕事をしているんですよ。たまに関西のほうへ出張がありますね」

華月屋は、東京をはじめとし大阪、兵庫、広島……と西日本にも店舗がある。出張は、その店舗の視察のためなんだとか。

「お仕事だから大変でしょうけど、出張って憧《あこが》れます。私、あまり旅行に行ったことがなくて」

「家族旅行はしなかったんですか？」

「あまり行ったことがないですね。父は仕事人間で、いつも店のことを気にかけている人なので、長期的な休みを取るってことがなくて。だから旅行に行ったのは、ほんの数回。しかも小学生のときだったと思います」

「へえ……」

ひとり暮らししてからは、専門学生時代の卒業旅行に一度行っただけで、そのあとはコンテストに入賞するために、たくさんのデザインを考える日々だった。仕事を獲得するべく、来る日も来る日も営業をして、少しでも可能性があるならと企業を回っていた。

ゆっくりと旅行をする時間を作るなんて考えられず、ずっと突っ走ってきたのだ。

「風花さんは仕事が好きなんですね」

「はい。もっと有名になって、自分のブランドを持てるくらいになれたらなーって思っています」

こんなことを言ったら、叶わない夢だと笑われるかもしれない。けれど、大きな目標を持って努力していることを恥ずかしいとは思わない。

「風花さんならできますよ。応援しています」

「ありがとうございます」

会話をしているうちに、すっかり緊張が解けた。メイン料理もデザートも食べ終わり、とてもいい時間だったと思いながら傑のほうを見る。

「ごちそうさまです。すごく美味《おい》しかったです」

「それはよかった」

男性とふたりきりで食事するなんて最初は固くなっていたのに、今はリラックスして傑に笑いかけることができる。

風花が椅子の背もたれに体を預けて、「ふう」と一息ついたところで、傑が真剣な表情で話し始めた。

「あの件ですが」

あの件、と言われて、一瞬何のことか分からず、ぽかんとしてしまう。

気を抜いていたが、もともとは大事な用件を話し合うためにここに来たのだ。

結婚はしないけれど、子どもだけ欲しいとお願いしたことを思い出して、急に胸の鼓動が速くなる。

「具体的にどういうふうにしていくか考えました」

「はい」

「すぐに進めていこうと思います。それと、これ」

傑が差し出したのは、何かの数値の書いてある紙だった。

「約束通り、僕の体が正常かどうか調べておきました。問題ありませんでした」

傑から差し出された紙には、様々な検査をした結果が載っている。病気はなく、健康体ということだった。

やるとなったら徹底的にやるというスタンスに、自分と同じベクトルでこの件について考えてくれていると感じて心強くなる。

「私も、持ってきました」

風花もクリニックへ行って検査をしてきた結果を差し出す。特に大きな問題もなかったと報告すると、その結果を手に取った傑はくすりと笑う。

「健康な男女が避妊しなければ、一年以内に妊娠するらしいですよ」

「そう……なんですか」

ということは、順調にいけば数ヵ月後に妊娠している可能性があるということだ。漠然と妊娠したいと思っていたが、急に現実味が帯びてきた。

風花はお腹に手をあてて、これから来る予感に胸を弾ませる。

「では、あとは性行為をするだけですね」

にこっと微笑みかけられているのに、どこかほの暗くてぞくりと体が震える。

「まずは、お互いにちゃんとできるか確かめる必要があります」

「できるって、何を……？」

「愚問ですね。……セックスに決まっているでしょう」

妊娠の可能性が高い日に連絡して「はい、しましょう」となっても、うまくできなかったら意味がないと彼は言う。

確かにそれはそうだけども。そうだけど、そうだけど、それって、つまり――

「今から、僕に抱かれてください。僕がどういうセックスをするのか、先に知っておくべきです」

（い、今から⁉　そんな、急に言われても心の準備ができてない！）

「無理です、そんなの。今日はそんなつもりで来ていません」

「男の家に来るのに、そういうことが起きないと思っていたんですか？」

「はい……」

「はぁ……何て人だ。子どもを作りたいって言ったのは、風花さんなのに」

とろんと酔いが回った頭では、それに対しての反論が出てこず、彼の言っていることが至極真っ当な気さえしてくる。

「あの……でも、私……」

心の準備ができていないから今日は本当に無理だと言おうとすると、傑が席を立って風花の手を取る。

「あなたは何もしなくていい。ただ、僕にされることを受け入れるだけでいいんです」

風花の手を顔に近づけて、傑は熱い唇でキスをする。

「あ……っ」

手の甲に唇が触れ、そのあと指先へ移動していく。大事なものに口づけるみたいな行為に目が離せない。

傑が蠱惑的《こわくてき》な瞳で風花を見つめて囁《ささや》く。

「……できますよね？」

逃げ場を失ってしまい、どう答えていいか悩んでいると、彼の手が風花の腕を掴《つか》んだ。

「行きましょう」

どこに、と聞く間もなく、寝室へ連れていかれてしまった。

他の部屋と同じように、白やベージュで統一された整然とした部屋の中に、ダブルサイズのベッドが置いてある。この部屋にも大きな窓があり、美しい夜景を見渡すことができた。ベッドサイドテーブルの上にあるスタンドライトが淡く照らす中、傑と風花はベッドの上に向かい合って座る。

「風花さん」

さっきまであんなにクールな目で見てきていたのに、今は熱の宿った甘い眼差しを向けてくる。

ただ単に性欲のはけ口にされているだけかもしれないのに、その色気を含んだ視線から逃げられない。

「体の相性って、あると思うんです。あなたの体で確かめてください」

「うう……」

（貫地谷さんを誘ったのは私。子どもが欲しいと望んだんだから、貫地谷さんは悪くない）

彼は望まれたことに全力で応《こた》えようとしてくれているだけだ。だから、欲望のまま求められて当然なのだ。

（でも――）

風花が経験したのはかなり前で、思い出せないほど朧《おぼろ》げな記憶となっている。

だから、久しぶりに男性と肌を合わせることに緊張を隠せない。

「顔を上げてください。キスは嫌ですか？」

そう聞かれて、勢いよく首を横に振る。

「体だけの関係だからキスをしない」と言う人がいると聞いたことがある。傑がキスが嫌か聞いたのは、風花がそういう考えを持っているのか確認したかったのだろう。

傑とキスをするのが嫌だから俯《うつむ》いているわけではなく、どんな顔をして彼を見ればいいか分からないだけだ。

「じゃあ、こっち向いて」

顎《あご》にそっと手を添えられて、顔を上げるように優しく導《みちび》かれる。

頬が熱い。きっと煌々《こうこう》とした光の下なら、赤面していることを気づかれたはずだ。薄暗い部屋でよかったと心底思う。

「何て表情をしているんですか。泣きそうな顔をして」

「違います……。わ、たし……こういうの、慣れてなくて」

「え？」

傑は目を見開き、驚いた表情を浮かべる。

「前にしたのも、ずいぶん前で……うまくできるか分からないんです」

「ずいぶん前って……どのくらいですか？」

「……八年、ぐらいです……かね」

風花の話を聞いて、傑は絶句している。八年も男性と何もなかったのか、と呆れられただろうか。

伝えてしまってよかったのかと不安が過《よぎ》る。

「そうですか。慣れていないのに、よくこんな大胆なことを僕に頼みましたね」

「そ、それは貫地谷さんが、したいって言うから……」

風花としては、精子を提供してもらって、人工的に妊活しようと考えていた。だから、こんなふうに体を重ねることは想定外だったのだ。

「そうですよ。ちゃんと愛し合って子どもは作りたいですから」

顎《あご》に添えられていた指が動き、風花の下唇をなぞっていく。太くてしっかりとした男性の指が、風花の柔らかな唇の弾力を楽しむ。

「たっぷりと愛してあげますよ。すぐに妊娠してしまうくらいに」

囁《ささや》くような低い声に全身がゾクッと戦慄《わなな》いた。まだ何もされていないのに、お腹の奥がズクンと甘く痺《しび》れる感覚がする。

（か、貫地谷さんの色気がすごい……）

目を細めて狙いを定める野性的な瞳に囚われているうちに、彼の顔が近づいてくる。

とろんとした雰囲気に呑まれて、ゆっくりと目を閉じた。

すると、すぐに唇に柔らかな感触がする。

（貫地谷さんのキス……気持ちいい）

唇を重ね合いながら、傑の手が風花の頬を撫でていく。耳のあたりにくると、ゆっくりと髪をかき上げて、首筋まで下りていった。

昔もキスはしていたのに、全く別物みたいだと感じる。

唇同士が触れ合っているだけで高揚していく。優しく肌に触れられているのも気持ちがよくて、うっとりとしてしまう。

「……っ、ふ……ぁ」

触れ合わせているだけでは満足できなくなってきた頃、風花の唇を割って彼の舌が入り込んできた。熱くて柔らかな舌が、口腔《こうこう》を味わうように動く。

（頭がふわふわする。このキスに絆《ほだ》されて、何もかも許してしまいそう……）

甘やかすみたいに優しく舌を絡ませてくる甘ったるいキスに身を預けていると、いつの間にか彼の大きな手が体を撫で始めていた。最初は肩や腕にあった手が腰のあたりに触れ、小さく震える。

「大丈夫ですよ、優しくします」

「や……っ、そうじゃ、なくて……。お、風呂とか……その……」

「会う前に入ってきたんでしょう？　風花さんの肌から、いい香りがしていますよ」

「う……」

（確かにそれはそうなんだけど）

ただ、こういうことに備えてお風呂に入ってきたわけではなく、昨夜そのまま寝てしまったからだ。入ってから数時間しか経っていないものの、それでも気になる。

「待って。貫地谷、さん……」

名前を呼ぶと、一瞬、傑の動きが止まった。

傑は風花のことをじっと見つめ、冷然とした態度で告げる。

「申し訳ないですが、止めるつもりはありません。諦めてください」

女友達が、少し前にいいなと思っていた男性と一晩過ごしたときに、体の相性が合わなくて最悪だったと愚痴っていたことを思い出す。

女友達は男性に攻められたいタイプで、相手の男性も攻められたいタイプの人だった。だから、男性がとてつもなく受け身で興ざめしたとか。

あのときは他人事として聞いていたが、今その問題が現実として風花の目の前にある。

(さすがだ……。経験豊富な人は、いろいろと分かっているんだな……)

風花と違って、傑は今まで何人とも経験しているはず。相性の大切さを知っているからこそ、先に確かめておきたいと思うのだろう。

頭の中でそんなことを考えていると、傑が頬を撫でてきた。

「ほら、目を閉じて。キスができませんよ」

「は、はい……」

そもそも不躾《ぶしつけ》なお願いをしているのはこちらだ。彼の望むことも汲まなければ、フェアじゃない。

目を閉じると、うっとりとするような柔らかなキスが始まる。そして彼の手がフェイスラインをなぞり、首筋へと落ちていった。

「ん……」

風花のことを欲しいと伝えてくるような口づけが気持ちいい。

このまま流されていいのか悩むのに、この官能的なキスを拒めない。全身がゾクゾクして、この先を予感して高揚していくのを止められない。

「……あっ」

キスに夢中になっている間に、傑の手が胸元へ伸びて服の上から優しく撫で始めた。久しく誰にも触れられていない場所への接触に、ビクンと体が大きく揺れる。

「敏感なんですね」

「だ、って……」

(貫地谷さん、すごく上手なんだもん……)

自然な流れで体に触れられて、警戒心が薄れる。

くすぐったいような、気持ちいいような、不思議な感覚に戸惑っているうちに、ワンピースのファスナーを下ろされて、はらりと肩から服が落ちた。

「恥ずかしい」

急いで胸の前で腕をクロスすると、傑は優しく頭を撫でる。

「これから何回もするんですから、少しずつ慣れてください」

穏やかなトーンの声で囁《ささや》いて、傑は風花の手首を掴《つか》んで解《ほど》いていく。風花の淡いイエローの花柄ブラジャーが現れた。

細い体にふっくらとした胸元は、綺麗に下着に収まってボディラインを美しく見せている。

「これは……自分でデザインした下着ですか？」

「あ、はい。そうなんです」

普段ティーンものの下着を担当しているが、一年に一回、大人の女性向けのデザインも任される。これは去年に風花が手掛けたもので、お気に入りの下着だ。

「とても綺麗です。よく見せてください」

デザインした下着を見たいと言われると、何だか仕事をしている気分になる。裸を見られている感覚が薄れて、背筋を伸ばしてちゃんと見えるように胸を張った。

「これ、結構気に入っているんです。よく売れたって聞きました」

「このデザイン、とても素敵です。……特にこの辺り」

「……あっ」

シルク素材のカップの部分を一撫でされて、ビクッと体が跳ねる。敏感な場所を掠《かす》めたせいで、大きく反応してしまった。

「さすが下着のデザインをされているだけある。見事に下着を着こなしていますね」

「そ、そうですか」

「はい。綺麗に胸が収まって、とても美しい」

傑の大きな手が胸をすっぽりと包み込む。そして布の上からじっくりと撫でてくるので、再びビクッと体が仰《の》け反《ぞ》った。

「んっ……」

（やだ、変な声が……）

急いで手で口を押さえる。

何事もないように平静を装《よそお》う風花の胸を、傑は両手で包み込み、じっと見つめながら揉みだした。

「そ、そんなに見ないでください」

「残念ですが、それは無理です。あなたの反応をよく見ておかないと。久しぶりのセックスで痛い思いをさせるわけにはいかないでしょう？」

最初は優しく揉みしだいていたのに、しばらくすると彼の手がいやらしく動き出す。布の上から執拗《しつよう》に乳首の上を掠《かす》め、何度もそこばかり擦《こす》られた。

「ぁん……っ」

ヒクヒクと体が揺れ、体の芯が燃えるように熱くなる。

同じところを攻める傑をすごく意地悪だと思うのに、止めないでほしいと思う気持ちも湧き上がってきた。

下半身がジンジンと疼《うず》いて、変な気持ちにやるせなくなる。

「貫地谷さん、ダメ……っ」

「ダメですか？　こんなに体をビクビク揺らしているのに？」

何度も擦《こす》っていた指先が、ブラジャーのカップをずらす。

これ以上捲《めく》られたら大事な場所が見えてしまうと思う間もなく、隠している尖《とが》りを暴《あば》かれてしまった。

「ああ、こんなに硬くして。こんなふうになっているのに、ダメだと言うなんて素直じゃないですね」

「ああんっ……」

傑は楽しそうに、ピンと立ち上がった胸の先を指先で転がす。困った表情で甘い声を上げる風花をじっくりと観察しながら、指の動きを速めた。

「あ、あぁ……んっ、あぁ……」

「風花さんは、ここが感じるんですね。もっとしましょうか」

絶妙な動きで愛撫され、身悶《みもだ》えることしかできない。涙を浮かべながら彼の顔を見つめると、にこっと微笑みかけられる。

そして傑の熱っぽい唇が風花の首筋に埋まる。熱い吐息をふきかけながら、肌に何度も吸い付いてきた。

傑から香る爽《さわ》やかなシトラス系の香りにドキドキしていると、ベッドに押し倒されて、彼の重みを感じた。

「肩の力を抜いて。リラックスしてください」

「そう……言われても……っ」

カチコチに緊張している風花の緊張を解くためだろう、傑に幾度《いくど》となく口づけられる。そして、口の中をじっくりと味わうように舐められた。

貪《むさぼ》るように唇を求めながらも、傑は恥ずかしがる風花のことを考え、布団をかけて体を隠してくれる。

「もっと暗くしたほうがいいですか？」

「は、はい……お願い、します」

間接照明とはいえ、これでは体がよく見えてしまうので恥ずかしくてたまらない。

もっと暗くしてほしいとお願いすると、傑は照明のスイッチのほうへ移動し、明るさを絞って暗闇に近い状態にしてくれた。

「これなら大丈夫ですか？」

「な、何とか」

その答えを聞くと、傑は自身の服を脱ぎ始めた。

（わぁ……っ）

無駄な肉のない引き締まった体で、ほどよい筋肉に滑らかな肌。思わず見入ってしまい、風花は胸を大きく高鳴らせる。

上半身裸になった傑が、布団の中に入って風花を抱き締めた。

（どうしよう、どうしよう。貫地谷さんの裸……っ）

想像していた以上に魅力的な体に包み込まれて、息ができなくなる。動揺している風花の腰に、傑は手を回した。

「服が皺《しわ》になってはいけないので、風花さんも脱ぎましょうか」

「え……っと」

「ほら、腰を浮かせて」

傑は腰のあたりでもたついていたワンピースを抜き取り、ベッドの下へ丁寧に置く。

さっきまで布があった場所に何もなくなった。肌と肌の重なる場所が熱くて、心臓が飛び出そうなくらいドキドキする。

「風花さんの肌、すべすべですね」

「それを言うなら、貫地谷さんもです」

思っていた以上に傑の体は男らしくて逞《たくま》しい。

しっとりとした滑らかな肌が風花に密着していて、心地よさに恍惚《こうこつ》としてしまう。

がっちりとした体に抱き寄せられると、全部を持っていかれるみたいな感覚がした。

「風花さんとこうしていると、すごく気持ちいい。僕たち、相性がいいのかもしれませんね」

相性の良し悪しが分かるほど経験がない風花にはピンとこないが、傑がそう言うのだから、そうかもしれない。

彼の手は風花の背中をなぞり、ブラジャーのホックを見つけるとそっと外した。

「あ、待って……」

そう制止するが、傑の動きは止まらず、肩紐をずらして裸にされる。

「暗いから、はっきりは見えませんよ。安心して」

「でも……」

「大丈夫。ほら、隠さないで」

両手首を掴《つか》まれて、ベッドに押し付けられる。

彼の前に胸を突き出すような体勢になり、恥ずかしさが一気に増した。

「柔らかいですね。あ……、心臓の音が聞こえてくる」

傑の顔が胸元に埋まり、乳房のあたりに息がかかる。くすぐったくて身を捩《よじ》ると、彼の顔に胸を押し当てる格好になってしまった。

「風花さんの胸、すごく可愛い。もっと近くに感じたい」

「あ、ん……っ」

頂《いただき》を見つけた彼の唇が、ちゅっと音をたててそこを食《は》む。美味《おい》しそうに舐め続ける彼の舌使いに腰が砕ける。生温かい感覚に包まれて、風花の体から力が抜けていく。

「だ、めえ……っ、ああっ」

傑の肩を押して逃げようとするのに、彼の唇は胸を離さない。追い立てるように舌で転がされて、甘く吸い上げられた。

「ああん……っ、はぁ……」

傑は、誰もが羨《うらや》むような素敵な男性で、数々の経験をこなしているのだろう。女性の扱いが丁寧で紳士的だが、時折少し強引に攻めてうまく駆け引きしてくる。

胸の愛撫に夢中になっている間に、彼の手は下半身へ進み、内股を掴《つか》んで開かせていた。

「貫地谷さん……っ⁉」

「ん？」

ちょっと待ってほしいとお願いする前に、彼の手はショーツのクロッチ部分を布越しに一撫でした。

「……風花さん」

指先に湿り気を感じたのだろう、傑は静かに笑う。

「なかなかいい感じですよ」

（いい感じなんかじゃない……っ）

さっきから下着に違和感があるのは、濡れて……いるからなのだろう。それを知られて平常心でいられない。

恥ずかしさに耐え切れず、ひとまず今日は中断したいと考えを変える。

「あの、やっぱり……」

「いいんですか？　止めて。ここで止めるなら、僕たちの契約は不成立ということになります。あなたの両親にこのことを話しますよ？」

結婚はしないけれど、子どもだけ作ってほしいと傑にお願いしたことが両親にバレたら、史上最大の規模で怒られる。紹介してくれたおかゑの当主のこともあるし、くれぐれも失礼のないようにと釘を刺されていたのだ。

全部話してもいいんですよ、と言われ、弱みを握られていることを思い知る。

「それは……」

「ダメでしょう？　それに、僕以外の誰がこんな良心的に協力してくれるって言うんですか？　どこの馬の骨か分からないような男に、こんなことをさせるわけにはいかないでしょう？」

「うう……」

諭《さと》すように語り掛けられて、傑の言っていることが正しいと気づいた風花は抵抗を止める。

「状況が分かったみたいですね」

その隙に傑の手はクロッチを横にずらして、確かめるようにぬかるみに指を沈める。

「……すぐに指が入ってしまいそうですね」

傑は蜜をすくい上げると、ぬるついた指で風花の形をなぞる。そして敏感な蕾《つぼみ》の場所や、ひくひくと動く蜜口、それを隠している襞《ひだ》にそっと指を滑らせた。

「緊張して濡れなかったらどうしようかと思っていましたが、心配いりませんでしたね」

「そ、そんな……」

「触っていると、どんどん溢《あふ》れてきます。中はどうでしょうね？」

「ああ……っ、ん！」

くちゅと粘液の音がして、傑に触れられている場所がどうしようもなく濡れていることが恥ずかしくなる。

（どうして、何で……!?）

ずっとこんなことをしていなかったから、体は女であることを忘れるほど眠っていたのに。

傑に触れられているうちに、すっかり目覚めたようで、驚くくらいに潤《うるお》っている。

体をくねらせて逃げようとしても、傑の腕にホールドされて逃げられない。拒みきれない蜜口は易々《やすやす》と中に指を受け入れてしまった。

「ああ……っ、あ、あん……！」

一本しか入れられていないが、ずっと何も受け入れていなかった場所はきつくて狭い。

「入りましたね。狭いな……」

ごつごつとした男らしい指が中を刺激するたび、苦しいはずなのに気持ちよくて鳥肌が立つ。

「少し力を抜いて。きつくすると辛いでしょう？」

「あ、……っ」

力を抜いてと言われてもどうしていいか分からずにいると、傑はもう一度キスをしてそちらに気を向けるように持っていく。

（貫地谷さん……）

唇と唇を触れ合わせているだけで、頭がぼうっとしてくる。そのキスに夢中になっていると、だんだん力が抜けていった。

それに気づいた傑は、根本まで挿《さ》し込《こ》んでいた指をゆっくりと引き抜く。愛液でぬるぬるになった指は、もう一度奥へ向かい、少しずつ拡張を続ける。

そのうち、指の動きを変えて、内側の壁を擦《こす》りだした。

「あ！　あぁ……っ、はぁ……んっ、あんっ」

「可愛い声ですね。風花さん、もっと聞かせてください」

我慢できずに声を上げると、傑は可愛いと褒めてくる。そして首筋に吸い付き、熱い吐息を吹きかけた。

（脚……勝手に開いちゃう……どうして？）

さっきまで体を強張《こわば》らせていたはずなのに、指戯を受けている間に脚を開いて奥まで受け入れてしまっている。

ふと、風花に押し付けられた傑の下半身が硬くなっていることに気づく。

（これ……は。貫地谷さんの……）

傑も風花と同じように高まっていっているのかと思うと、さらに体は熱くなり、受け入れている場所がきゅんと疼《うず》いた。制御できないほどに蜜は溢《あふ》れ、太ももを伝っている。

まだ会って二回目。

相手のことを全て知り尽くしているなんて言えないふたりで、変な関係なはずなのに、興奮が高まっていくのを止められない。

「少しずつほぐれてきましたよ。ほら、いい音がしてる」

「あ、ぁ……っ、ああん！」

指を抽送されるたび、水音が激しくなる。ぬかるんだ場所に何度も抜き差しされていくうち、一本では物足りなくなってきた。その頃合いを見て、傑は指を二本に増やして中を蹂躙《じゅうりん》しだした。

「二本でも大丈夫そうですね。いいですよ、風花さん」

「や、あ……っ、ああっ、あぅ……」

「もっと気持ちよくなりましょうね」

ぐじゅ、ぐちゅと淫猥《いんわい》な音をわざと立てながら、傑は中を優しく擦《こす》る。頭が痺《しび》れるような快感に包まれた風花は、体をビクビクと揺らす。

「そうだ。ここはどうですか？」

「ひゃぁ……っ、や、ァ、何それ……っ」

傑はもう片方の手を使って、花芯を探り出す。隠れているはずのそれを優しく撫で上げ、刺激し始めた。

「ここは、クリトリスです。触ったことないですか？」

「な、い……っ、ぁ、これ……ああっ」

「そうですか、初めてですか。それはよかった」

指の腹で撫でられるたび、体中に電流が走るみたいな感覚がして、目の前がチカチカする。

味わったことのない強い刺激に乱されて、息が上がる。

「だめぇ……っ、これ……何か、ヘン……っ」

「大丈夫ですよ、それが気持ちいいってことです。中もたっぷりほぐれてきましたし、いいことなんですよ」

「ああん、はぁ……っ、ああぁ……」

遠い昔の記憶が消え失せている体には刺激が強すぎる。

長い指が蜜を掻きだすように動き、花芯には蜜を塗られて小刻みに揺らされる。全身が沸騰するみたいに熱くなって、目の前が霞《かす》みだした。

「は……ぁっ、あ、ああ……っ！」

「ああ、どんどん溢《あふ》れてきました。可愛いですね」

風花の変化に気づいた傑は、顔を近づけて秘部に口づけをする。そして周りに溢《あふ》れた蜜を舐め取り、熱い舌先で花芯を吸い上げた。

「あああっ」

何の躊躇《ためら》いもなく、風花の秘めたる場所に顔を寄せていることに興奮が高まる。温かでぬるついた舌の感覚で、もう何も考えられない。

体の中側も外側も愛撫されて、どんどん乱れていく。彼の指を受け入れている場所は、きゅうきゅうと収縮して彼を締め付けた。

（どうしよう、おかしくなっちゃう……）

与えられる快感が予想を遥《はる》かに超えている。こんなに気持ちよくなったのは初めてで、どうしていいのか分からない。脚を広げた恥ずかしい格好で、もっとしてほしいと腰をくねらせてしまう。

普通ならこんな状況を受け入れられないはずなのに、止めてほしくなくて抵抗できない。

「風花さん、気持ちいいですか？」

「ああ……っ、ん……」

「こっちとこっち……どちらが好きです？」

舌で花芯を転がすのと、指で中を擦《こす》られるのとどちらがいいか聞かれる。

ぬるぬるの舌で敏感な場所を攻められるのも気持ちいいし、中を突かれるのも気持ちいい。どちらも気持ちよくて選べない。

「言わないと止めますよ。それとも、両方がいいですか？」

「ああ！」

今度は同時に攻められる。強い刺激を与えられてすぐに止められると、貪欲な隘路《あいろ》は物足りなさに震えた。

（やめないで……お願い、もっと）

ビクビクと震えながら、中にいる指を締め付ける。もっとしてほしいとお願いするように腰を浮かせると、傑の顔が鼠径部《そけいぶ》に近づく。

「ちゃんと言ってくれないと、本当に止めてしまいますよ」

脚の付け根をべろりと舐められて、全身が震える。舐めてほしいのはそこじゃない。もっと気持ちいい場所を弄《いじ》ってほしいと涙が零《こぼ》れた。

「……っ、止め、ないで……」

「何を止めないでほしいんですか？」

あえて感じる場所ではなく、他の場所ばかり舌が這う。傑が零《こぼ》れた蜜をすくうように周りを綺麗に舐めていると、風花が弱々しい声で訴えた。

「両方……止めないで。お願い……」

止まってしまった愛撫を再開してほしいと懇願すると、傑は嬉しそうに微笑む。

「両方ですか。風花さんは欲張りだな」

意地悪な言葉をかけたあと、傑は再び愛撫を始めた。さっきよりも激しく濃厚に。

「あ、ああっ、あんっ、ああ……！」

少し乱暴に動かされても、痛くない。むしろ気持ちよさが増して奥から何かが湧き出てくる。感じたことのない高揚感を味わいながら、高みに昇っていく。

（私……おかしくなりそう……）

そう思ったのが最後、彼の止まらない愛撫に攻められ続け、風花はビクビクと体を震わせて達してしまった。

「あぁっ、あ――」

一瞬何が起こったのか分からなかった。どんどん駆け上がっていき、目の前が弾《はじ》けて真っ白になったのだ。

風花が達したのを見届けたあと、傑は指を抜いて体勢を整える。

「痛くなかったですか？」

「……はい、大丈夫、でした……」

「そう？　よかった」

上から覗《のぞ》き込んでくる穏やかな傑の表情にほっとする。風花を決して傷つけないであろう優しい態度に、安心して身を任せていいと思えた。

さっきまで彼の指を受け入れていた場所が、何もなくなって喪失感を味わっている。内ももをすり合わせて寂しさを紛《まぎ》らわせていると、彼の手が膝頭を掴《つか》んでゆっくりと脚を開いてきた。

「そろそろいいですか？」

ふと下のほうに視線を向けると、彼の下着がなくなって下半身も裸になっていた。お腹のあたりまで反り立つ雄々しい存在を見つけて、すぐに目を逸らす。

(貫地谷さんの、アレ……っ、すごく大きい)

硬そうで逞《たくま》しいそれは、膨張しきって痛そうなほどだった。今からそれを入れるのかと思うと急に怖気《おじけ》づく。

(絶対入らないよ。指とは大きさが違う!)

「貫地谷さん、待ってください。そんな大きいの……入らないです」

「心配ありません、大丈夫ですよ」

にこやかに返事をされるけれど、絶対嘘だ、と怯《おび》える。

(だってめちゃくちゃ大きいもん。こんな大きいの、見たことないし……!)

「そういうの、よくないですよ。無意識に僕を煽《あお》っています」

(ええっ。これが煽《あお》っていることになるの? 本気で大丈夫か心配しているだけなのに)

なぜか色気ダダ漏れの傑を見て、止めてもらえる気配がないことに心配になる。

「貫地谷さん……っ、今度までに入るように自主トレしておきますから。今日はこの辺で……あ!」

話している途中で、彼のものが風花の秘部に宛がわれる。そして根本を持って狙いを定めた彼が腰を落とし、ぐっと中へと挿《さ》し込《こ》んだ。

「あ、待って……っ、ああっ」

「ここまで来て、途中で止められるわけがないでしょう。自主トレするくらいなら、僕が馴らしてあげます」

たっぷり濡れてほぐれていたそこは、彼の先端を易々《やすやす》と受け入れる。深い括《くび》れあたりまで呑み込んだところで、風花はあることに気づき、脚をばたつかせた。

「ゴ、ゴムして……っ、貫地谷さん、このまま入れちゃダメ……っ！」

「どうして？　僕たちは、避妊せずにセックスすると事前に約束したじゃないですか」

「そうですけど、いきなりは……ああんっ」

戸惑っている間にも、彼のものがどんどん中へ入ってくる。半分くらい入っただけでも苦しいのに、これ以上きたらどうなるのだろう。

「お互いに病気もないですし、妊娠を希望しているんですから、問題ないでしょう？」

「も……っ、問題ありまくりです！」

制止しているにもかかわらず、どんどん奥へ入り込んでいく。括《くび》れた場所が中を擦《こす》っていくたび、気持ちよさでクラクラする。それが奥へと進んでいくと、やがて痺《しび》れるような快感が全身に広がった。

「ほら……ちゃんと入っていってますよ。あと少しで全部」

ゆっくりと腰が近づいてきて、ぐぐっと奥まで彼がきた途端、息が止まりそうになった。

こじ開けられていく感覚に震えながら、どんどん繋《つな》がりが深くなっていく。

「んんっ……はぁ……っ」

「ああ……っ」

「全部呑み込めましたね。よくできました」

根本まで収めた傑は、甘い吐息を漏らして風花を見つめる。

「痛くないですか？」

「……っ、痛くは……ないです、けど……」

「けど……？　何ですか？」

痛くはないけど、この圧迫感に慣れない。苦しいほど広げられていて、このまま進めていっていいのか不安になる。

「あの、このままでも、大丈夫なんですか？　今までと全然違う……」

これまで感じたことのない感覚——内側からぐっと押し広げられる感覚が初めてで、このまま進めていっていいのかどうか戸惑う。

「……それはいい意味ですか？　悪い意味ですか？」

「分かりませんけど……こんなの初めてで……。この大きさに慣れても大丈夫なんですか？」

真剣に質問したのに、傑はくすっと笑い顔を緩《ゆる》ませた。

「な、何で笑うんですか……？」

「ごめんなさい。あまりにも可愛らしいことを言うものだから、つい。……大丈夫ですよ。そんなに危ないものを入れているわけじゃないですから。それに傷つけないように細心の注意を払ってます」

傑は風花の膝頭を押し上げて、自身のものをぐりぐりと奥に擦《こす》り付ける。中は苦しいほどに広げられているのに、馴染むまで動かずにいてくれたおかげで痛くない。

（貫地谷さんって、優しいのか優しくないのか分かんない）

それにしても――避妊なしで行為をするなんて、初めてのことだ。繋《つな》がったところから、彼の体温がダイレクトに伝わってくる。この粘膜同士が直接触れ合っている感覚に、これが本当の性行為なのだと知る。

しばらく動かずにいたが、少し体勢を整えるために傑が腰を動かした。

「……っ」

すると風花を組み敷いている傑から、食いしばるような声が漏れてくる。どうしたのだろうと顔を覗《のぞ》き込むと、彼は困ったような複雑な表情を浮かべていた。

「どう……したんですか？」

「……何でもありません」

「うそ、何か変です。私に何か問題があったんですか？」

動いてみたら、中の様子が変だとか、違和感があるだとか。おかしな点が見つかったのかもしれないと不安になる。

「隠さないでください、不安になります」

傑の腕を掴《つか》んでそう伝えると、彼は目を逸らす。

「……何もつけずにするのは、初めてで……気持ちよすぎる」

「え？」

いつも丁寧な傑が、敬語を忘れたのか砕けた口調で話す。心の底からそう思っていることが伝わってきて、風花の体温が一気に上昇した。

「少し擦《こす》れただけで、こんなに気持ちいいなんて……すぐ出そうです」

「そ、そうなんですか……それは、よかった……です」

（そんな顔でそんなことを言わないで。ドキドキしちゃうじゃない……！）

イケメンがエロに溺れてとろとろの表情を浮かべている姿なんて、初めて見た。我慢できない気持ちがダダ漏れしているところがとても可愛い。

でも、入れても達しそうにないとか、気持ちよくないとか言われるよりはよかった。

そう考えていると、傑は上半身を倒して風花に口づけた。

「……風花さんは、もう余裕そうですね」

「え？」

キスの息継ぎの間に囁《ささや》かれた言葉を聞き逃してしまった。何を言ったのか聞き直そうとすると、もう一度唇を塞《ふさ》がれる。

唇をついばみ、舌を濃厚に絡ませて、とろとろに溶かされていく。

ただ子作りをするためだけに体を重ねているのに、好きだと伝えてくるような情熱的なキスに感じてしまうのは、気のせいだろうか。

それが彼の手管《てくだ》なのかもしれない。

いろいろと考えるが、キスを受けていると、もう全てを傑に預けていいやと絆《ほだ》されてしまう。

「そろそろ、動きますね」

「……あっ」

風花のその返事を聞くと、傑はゆっくりと腰を引いた。奥まで入れていたものを抜き、浅いところを行き来する。慣れていない風花に配慮して様子を見ているのだろう。

「ん、あ……っ、あぁ……」

揺さぶられるたびに揺れる胸を、傑は両手で覆うとゆったりと揉みだす。

「すごく気持ちいいですよ。颪花さんの中……すごい」

ふたりの繋《つな》がった場所は、近づいたり離れたりするたびに、粘液の混ざり合う音がしている。生々しい肉感と、内側を擦《こす》られる感覚に頭が痺《しび》れて何も考えられない。与えられる快感に身を委《ゆだ》ねながら、ただ喘《あえ》ぐだけしかできなくなった。

「か、んじや……さん……」

「だんだん慣れてきましたか？」

傑に聞かれた通り、最初に感じていた苦しさは、いつの間にかなくなっている。

こくんと頷くと、傑は優しい表情で頭を撫でた。

彼の形に押し広げられた蜜路は、焦《こ》げそうなほど熱くなっている彼をぎゅっと締め付けて離さない。

言葉では言い表せないもどかしさを感じているが、それが具体的に何かは分からなかった。

「そうですか、なら、もう少し……」

「ああっ！」

根本まで挿《さ》し込《こ》まれると、鈴口が最奥にきていることを感じた。息ができないほどの圧迫感と痺《しび》れるような快感が広がる。

「ずっとしていなかったなんて信じられない。僕を夢中にさせるために嘘をついていませんか？」

「そ、んな……こと……」

「だって、ほら……こんなに締め付けてくる」

傑は甘い吐息を漏らしながら、しっとりと濡れている蜜路を括《くび》れで擦《こす》りだした。予想をはるかに上回る快感が全身を駆け巡って、完全に風花のキャパを超えた。

風花の腰を掴《つか》んだ傑は、奥まで挿《さ》し込《こ》んだまま腰をくねらせる。風花の肉筒は、ぐりぐりと押し付けられるたびに、悦《よろこ》んで中の彼へもっととねだるように吸い付いた。

「や、ああ……っ、それ以上しないで……」

「体はそう思ってないみたいですよ。気持ちよさそうにうねってる」

言葉とは反対に、風花のいい反応を感じ取った傑は、腰の動きを速めた。

気持ちよさと、これ以上されたらどうなるのだろうという不安が混ざり合った風花は、傑の体に手を回してぎゅっとしがみつく。

「……っ」

傑と密着した瞬間、中にいる彼の質量が増した気がした。今でもみっちりと中を占領されているのだが、さらに内側から押されている感じがする。

「……そんなことをされたら、喜んでしまうじゃないですか」

「え？」

「颪花さんの可愛い反応、もっと見たい」

ぎゅっと抱き締め返されて、耳元で囁《ささや》かれる。しっとりとした肌の感触と、抱き締められていることに心地よさを感じていると、もう一度抽送が始まる。

甘い声を上げるたび、自分では変な声なのではないかと心配になるが、傑は嬉しそうにしているし、もっと聞きたいと言う。

「も……ダメぇ……っ、変になる……」

「何を言っているんですか。まだまだですよ」

「ああっ……ん……」

目に涙を浮かべながらお願いすると、傑の律動が止まった。言葉ではまだまだと言ったものの、颪花のことを思って止めてくれたのだとほっとした瞬間、繋《つな》がった場所はそのままにうつ伏せの状態になる。

「これ……って」

「後背位です。後ろからって、したことありますか？」

「ない、です……っ、ああ！」

ぺたんとベッドに預けていた体を起こされ、四つん這いの格好にされる。

どうなるのだろうと不安に思った直後、両手で腰を掴《つか》まれて一気に最奥まで貫《つらぬ》かれた。

熱い滾《たぎ》りで奥を穿《うが》たれ、今まで味わったことのない深さに眩暈《めまい》を起こす。

「……は、すごい。風花さん、すごくエッチですよ」

「や……ぁっ、ああっ、んん！」

後ろから突き上げられるたび、体がガクガクして支えていられなくなる。上半身だけ突っ伏して後ろからの衝撃を受け入れていると、顔を埋《うず》めている枕から傑の香りがして胸が高鳴る。

（この、匂い……好き、かも……）

朦朧《もうろう》とする頭で、本能的に傑の香りが好きだと感じていた。

太いものを抜き差しされ、次々とやってくる快楽に溺れる。傑に支配されているような体勢で、お尻を突き出して感じている状況が恥ずかしいのに、気持ちいい。

「風花さんのお尻、小さくて、張りがあって色っぽいですね」

「あ、あぁ……」

傑は風花のことをやたら褒めてくる。それはこういう行為のときのマナーなのかもしれないが、言葉でも気持ちよくさせようとしてくれているのだろうか。

奥までズブズブと挿入され、何度も押し上げられた。子宮の入り口に届くたび、息ができないほどの衝撃を受ける。苦しいけれど、追い詰められていく感覚が癖になりそうな快感に、何度も喘《あえ》いでしまう。

「この体勢、気持ちよすぎます。でもこのまま出すわけにいきませんから……やっぱり前を向いてしましょうか」

「あ、ん……っ」

もとの体勢に戻るため、一度引き抜かれる。

蜜口は、いなくなってしまった存在を恋しがるようにひくつく。喪失感を味わってもっと欲しかったとねだる体に戸惑っていると、傑は再び正常位に戻り風花の脚を開かせた。

「やっぱりこの体勢じゃないと。風花さんの顔が見えませんからね」

顔なんて見なくていいのに——と思うのに、上から見下ろしてくる傑の顔が相変わらず格好よくてため息が漏れる。

爽《さわ》やかで誠実そうな表情の裏に隠された、意地悪な一面。どちらが本当の彼か分からない。ミステリアスなところが魅力的で目が離せなくなる。

「そんなに心配そうな顔をしないでください。風花さんは、僕にされるがまま身を任せていればいいんです」

朦朧《もうろう》としているせいで、傑の言葉の意味を深く考えずに頷く。

そうして、もう一度中に入ってきた大きな存在に喜び、擦《こす》られていく感覚に身を任せる。さっきよりも体が馴染んでいって、動かれるたびに愉悦が大きくなる。

「ゆっくり、じっくり、僕を味わってください」

「あ、ああ……っ、ん、あぁ……」

ベッドの上で絡まるふたりの体と、指先。恋人同士がするような繋《つな》ぎ方で、ベッドの上に縫い付けられる。

逃がさない、欲しいと訴えかけられる繋《つな》がり。ひとつになった場所が焦《こ》げるように熱くなって、彼の体温に溺れていく。

（こんなの、初めて……）

男性にこんなに情熱的に求められたことがない。それがたとえ体だけであっても。

「そろそろ……限界です。風花さん、いいですか……？」

抽送を速めた傑が、息を上げながら囁《ささや》く。

いいかと聞かれたのは、このまま終わらせていいかということ。傑が絶頂を迎えることを指している。

つまり――中に出していいかと聞かれているのだ。

流されてここまで来てしまったが、心の準備が完全じゃない。この期《ご》に及んで本当に避妊せずに最後まで迎えていいか、腹をくくれていなかった。

「待って、あの……」

困惑している風花の表情を見て、傑は「やっぱり」と口角を上げて呆れたように笑う。

「待ちませんよ。初めての感覚……よく覚えておいてくださいね」

ぐっと脚を開かされ、繋《つな》がった場所が剥《む》き出しになる。

目線を落として接合部を眺める傑は、ほの暗い笑みを浮かべた。色欲に支配された獣《けもの》のような彼の姿にゾクッとするが、今の風花にはそれさえも魅力的に映る。

「あ、待っ……、ぁ、あぁっ……出さないで……」

今までで一番大きく揺さぶられる。荒々しく本能に任せたような鋭い腰つきで、奥を抉《えぐ》るほど強く激しく突き上げられた。

気持ちよくて壊れそう。どうしよう。気持ちいい。おかしくなる。

そんなことが頭の中を巡っている間に、快楽に埋め尽くされて意識が遠のいていく。

「……っ、出る」

食いしばるような声を出した傑は、風花の最奥で動きを止めて全てを解放した。

中に放出される彼の白濁。ビクビクと脈打つ感覚が伝わって、奥を濡らされていることに気づく。

その熱い体液を、隘路《あいろ》はきつく締め付けてひとつも残さず絞り取ったのだった。


「はぁ……はぁ……」

ベッドの上に横たわる風花は、肩で息をしながら茫然としていた。

先程まで傑がいた場所からは、残滓《ざんし》がとろりと流れてきて太ももまで濡らしている。

（待ってって……言ったのに）

初めて味わう生の感触も中で受け止める感覚も、痺《しび》れるほど官能的だった。

激しく与えられた快感の余韻がまだ体に残っていて、熱がなかなか引かない。

傑はそんな風花の体を綺麗に拭いてくれたり、水を飲ませてくれたりと甲斐甲斐しく介抱してくれるけれども。

「それ……優しいとか、思わないですからね」

「え……？」

「避妊してほしいって言ったのに。それに、出さないでって……言ったのに……！」

それなのに、容赦なく出されてしまった。溢《あふ》れてきた精液を拭いてもらったものの、きっとまだ中に残っているはずだ。

傑と子作りするとは言ったが、今日は練習だったはず。体の相性がいいかどうか先に確かめる目的だった。もう本番通りにするなんて聞いていなかったと、傑を恨めしく睨《にら》む。

「そうでした？　でも、いいじゃないですか。これで子どもができたなら、もうしなくていいんですよ」

「う……」

「どうせするなら、できるようなやり方でやっておいたほうが効率的ですから」

一回でできるのなら、それはラッキーなことだ。

お互いに何度も時間を作って愛のない行為を重ねるより、さくっと数回で終わらせるほうが楽と言われると、ちょっと納得しそうになる。

「い、いやいや、それでも！　心の準備ってものがあります」

「そちらから子作りしましょうって言っておいて、中に出される心の準備ができてなかったなんて通用しませんよ」

手首を掴《つか》まれて、無理矢理傑のほうを向かされた。

凛々《りり》しく一切迷いのない強い眼差しに見つめられて、言葉を失ってしまう。

(分かってる。悪いのは私……。これは全て私の蒔《ま》いた種だ)

それなのに責任転嫁して傑のせいにしている自分は最低だ。彼は言われたことを忠実に守ってくれただけ。でも、頭ではそう分かっているものの、すぐに心がついていかない。

「僕は謝りません。君と子どもを作るって決めたんです。もう後戻りできない」

「貫地谷さん……」

「次も必ず、しますよ」

(そう宣言されて、私はどう返事すればいいの……？)

尻込みしそうになるけど、傑は逃げることを許さないだろう。彼が言うように、ふたりはもう後戻りできないところまで来てしまった。

このまま前を向いて進んでいくしかないところへ足を踏み込んだのだ。

「……分かりました」

ここで尻尾を巻いて逃げるわけにはいかない。両親にバラされるわけにもいかない。

風花もじっと傑を見据えて、真剣な眼差しで応《こた》える。

こうしてふたりの妊活が幕を開けた。

3

傑と会った一週間後。

久しぶりの会議で下着メーカー、Sweet Séjour《スウィートセジュール》へ出向いた。約束の時刻より早く到着した風花は、オフィスビルの中に併設されているカフェで頭を抱えていた。

傑のことを思い出すたびに頭の中が沸騰し、バグった映像のように奇声を発して悶《もだ》えてしまう。

「あああ」

頭を抱えて声を出さないと、ざわつく心を鎮められない。

（どうしてこうなっちゃったんだろう……。何で私、彼氏でもない人とエッチしたんだ？　しかも避妊せずに……!!）

事を済ませたあと、居たたまれなくなったので、そそくさと傑の家を退散した。家に到着して、あれは夢だったのではと思うものの、奥からとろりと出てくる感覚に現実に起きたことなのだと認識せざるを得なかった。

心の準備ができていなかったのに、と避妊してもらえなかったことを怒っていたけれど、あのときのことを思い出すと、全身がゾクゾクするほど敏感に反応してしまう。

色気全開で風花の体を貪《むさぼ》る傑の姿。快感に顔を歪めて絶頂に駆け上がるときの切羽《せっぱ》詰《つ》まった表情。しっとりと汗で濡れた肌、筋肉質の逞《たくま》しい体、荒々しい腰つき——しっかりと腕を掴《つか》まれて逃がさないと宣言されたのも、強い執着心を感じてゾクリとしてしまう。

「うう……イケメンずるい。格好よさで許してしまう」

傑の姿を思い出すと、どうしても心が乱される。穏やかで優しそうな見た目なのに、強引な一面を持っているところに今でもドキドキしてしまう。

お互いの利害が一致しただけの関係なのに、知らない一面を知るたびに胸が騒がしくなるのはなぜだろう。

「おーい、風花ちゃん。大丈夫～？」

「え、ええっ」

頭の上から声がして、勢いよく顔を上げる。すると、そこにいたのはスウィートセジュールの商品企画を担当している瀬崎奈央《せざきなお》だった。奈央は、風花と同じ年ということもあって、このブランドと取引するようになってから、ずっと仲良くしている。

身長百七十センチを超えるスレンダーな体形で、オフィスカジュアルな服装がよく似合うキャリアウーマン。スウィートセジュールの矯正下着をこよなく愛用して、スタイル維持に力を入れている。

「ひとりで、あーとか、うーとか声上げて悪目立ちしてるよ」

「え、うそ、ごめんっ」

「あは、私に謝らなくていいよ」

奈央は前の空いている席に座り、動揺している風花の顔を覗《のぞ》き込んできた。

「どうしたの？　いつもの風花ちゃんじゃないみたい。何かトラブルでもあった？」

「トラブル……では、ないよ。仕事のことじゃないから大丈夫」

いや、トラブルといえば、トラブルかと思い直す。お見合いした相手と二回目の顔合わせで避妊なしエッチをしてしまうのは、非常事態だ。

「お、もしかしてプライベートなことで悩んでいる感じ？　何かラブハプニングでもあった？」

　奈央とは業務時間外にも会うし、こうしてプライベートな話をする。合コンに行ってきたとか、好きな人ができたとか。といっても、風花には全く出会いがなく報告する話がないため、いつも奈央の話を聞いているだけなのだが。ちなみに、例の体の相性の話をしてくれた人物が奈央だ。

「ラブではない……」

「じゃあ、ただのハプニング？　ウケる」

　きゃはは、と無邪気に笑う奈央は可愛い。見た目はクールで格好いいのに、話してみると気さくでころころと笑う彼女のことが好きなのだ。裏表もないし、接しやすい。

「実は、お見合いをしたの。家業のことでいろいろあって……」

「ああ、風花ちゃんの家、有名な和菓子屋さんだもんね。そういうの、あるんだー」

　奈央は、テイクアウトする予定だったホットコーヒーのカップに口をつけて、ふうと息を吹きかける。そして火傷《やけど》しないように用心しながらゆっくりと一口飲んだ。

「で、相手はどんな人？」

「それが、予想をはるかに超える素敵な人だった」

「いいじゃん、素敵な人なら。何が問題なの？」

（何が問題って、私が問題なんだ。このお見合いをややこしくしたのは間違いなく私……）

この先の話はさすがにできないと躊躇《ためら》うのに、奈央は逃がさないとばかりに問い詰めてくる。

「絶対に何かあったはずなのに、言わないなんてダメだよ。風花ちゃん、全部話して」

「ええー、でも……」

「そんなに悩んでいるんだから、私に相談してみ？　ちゃんと話を聞くから」

奈央にそう言われて、傑に「結婚をせずに子作りだけしてください」と言ったことを打ち明ける。

「ぶはっ。風花ちゃん、いいわー。そういう突き抜けてるところ、本当に好き」

「そう……？」

「今まで全然浮いた話がなかったのに、急にそんな面白い話ぶっこんでくるなんてすごいよ」

ドン引きされるかと思っていただけに、受け入れてくれて安心する。奈央は体を乗り出しながら、興味津々《きょうみしんしん》で風花の話に食いついてきた。

「でもさ、風花ちゃんの気持ちよく分かるよ。私たち微妙な年齢じゃん？　結婚もしたいし、将来的には子どもも欲しい。でも今やっている仕事を結婚や育児で手放したくはない。なのにタイムリミットは確実にあるからね。いろいろな選択がある中で、それが風花ちゃんにとってベストな形だと思ったから、そうしたんでしょ？」

「うん」

「いいなー。そして相手にも恵まれてる。普通ならオッケーしないよ。絶対にややこしいことになりそうだし」

婚約解消や離婚となると、子どもの親権問題や跡継ぎ問題が出てくるだろうに、最初からすべて受け入れて颪花の好きにさせてくれる傑がすごいと奈央は褒めたたえる。

「そうだけど、婚約者のふりをしてほしいってお願いされているし、取引みたいなものだよ」

「でも素敵な人なんでしょ？　好きになっちゃわない？」

「それは、ないない」

全力で奈央に否定する。これは絶対に肯定してはいけないことだ。

「ほんと〜？　私だったら好きになっちゃいそう」

「こんな変なことを言い出す女のことを、本気で好きになるわけないし、私もめちゃくちゃ割り切っているし」

「へえー。そうなんだ。ちなみにその婚約者って――」

奈央は傑のことをまだ知りたいらしく、どういう職業に就いていて、どんな容姿なのかといった情報を聞き出そうとする。颪花の知っていることを伝えるけれど、表面的なことしか話せない。

（私って、貫地谷さんのこと、全然知らないんだな……）

お見合いをして知り合ったから、彼の経歴を把握していると安心していたが、彼がどういう考えの持ち主で、どういう性格なのか知らない。

（知っているのは、体だけ……か）

深く知っているところとそうでないところの差が極端な、変な関係だと改めて思い知った。

「あ、そうだ。ねえ、会議が終わったあとに、売り場の巡回しようと思っているんだけど、風花ちゃんも同行してよ。市場マーケティングも兼ねて」

「うん、いいよ」

スウィートセジュールの店舗は、路面店だけでなく、百貨店や大型商業施設の中など都内に数店舗ある。百貨店などでは同じフロアに競合店もあるので、どのように商品を売り出しているのか勉強になることが多い。そのため、たまに奈央に誘われて店舗を見に行くことがあった。

商品企画会議が二時間ほど行われ、そのあと風花と奈央は会社を出て駅へ向かった。

「それにしてもさ、新しいブランドのデザイン任されるなんて、すごいじゃん」

「ありがとう」

商品会議で次のシーズンからティーン向けのナイトウェアの発売が決定したと伝えら

れた風花は、なんとそのデザイン担当に抜擢された。

「でもさ、アイテム数がめちゃくちゃ多かったよね。しかもデザイン案の提出が今月末って……大丈夫？　間に合う？」

「う、うん。頑張る」

十代の女の子向けのナイトブラと、パジャマ、ルームシューズなどのデザイン案を五パターンずつ考えなければならない。テーマは「お菓子のような可愛さ」ということで、ラブリーなものとオーダーされた。

（今月末が締め切りか……。頑張らないと）

奈央と仕事の話をしながら、頭の中でデザインを思い浮かべる。電車の中で女子高生を見て、どんなパジャマが好きかなと想像してみたりして。

そうこうしているうちに、奈央が「とうちゃーく」と言って足を止めた。

「ここって……」

「そう、華月屋！　ここの店舗、すごく売り上げがよくて。スタッフのディスプレイがいいって噂なの。今日はそのスタッフに会いに来たんだ」

そう言って、奈央は百貨店の裏側にある従業員専用入り口で名前を記入し、入館証明書のカードホルダーを受け取った。風花もそれに倣《なら》い、さらに警備員に社員証と名刺を渡して入館する。

「はあ、華月屋……」

「え？　どうしたの？」

何も知らない奈央は不思議そうな表情を浮かべる。さっき傑の職業についてざっくりと話したが、華月屋の創業一族だとは言っていなかった。

（まさか華月屋に仕事で来ることになるなんて思わなかった）

貫地谷一族が創業した華月屋。高級志向の百貨店なだけあって、従業員の雰囲気もどこか上品だ。そしてバックヤードは綺麗に整頓《せいとん》されて、行き届いた商品管理をしていることが窺《うかが》える。

このビルの上層階にオフィスがあるらしいので、ばったり傑に会ってしまわないかと緊張が走る。

（別に会っても何も問題ないし。こっちは仕事で来ているんだし、それに私たちやましい関係じゃないし）

今のところ――傑と風花は婚約者だ。普通に会っていても何も問題はない。

そわそわとしながらそんなことを考えている隣で、奈央はタブレット端末を見つめてエレベーターの到着を待っている。頭の中は仕事のことでフル稼働中のようで、風花の様子を気に留めていない。

「婦人服フロアがリニューアルしたらしくて、売り上げが伸びてるっていうのもあるみたい。ミセスものの下着がよく売れてるんだよねー」

「そうなんだ」

「で、マダムたちの娘や孫へのプレゼントとして、ティーン向けの下着も売れているんだよ」

婦人服売り場に到着し、フロアを歩いて下着売り場へ向かう。スウィートセジュールの店舗に隣接して、他の下着ブランドも展開していた。奈央の言う通り、婦人服フロアの客層はマダムが多く、下着コーナーにいるお客さんも小綺麗にしている年配女性ばかりだ。

奈央が店舗のスタッフと話をしている間に、風花は他ブランドの下着を視察することにした。どんなデザインになっているのか、商品を手に取ってじっくりと眺める。

（へえ……レースの使い方が素敵だし、色っぽい。年を重ねても、こんな下着の似合う人になりたいな）

黒ベースの生地にワインレッドの刺繍が施《ほどこ》された下着をじっと見つめていると、背後に何か気配を感じた。

「風花さん」

「ひぇ……っ!?」

ほぼ女性しかいないフロアなのに、男性の低い声に呼ばれて思わず驚いて声を上げてしまった。声の主《ぬし》が誰かと勢いよく振り返ると、そこには傑が立っていた。

「か、貫地谷さん……！」

「お疲れ様です。まさかこんなところで会うなんて思いませんでした」

スーツ姿に社員証のネームバッジをつけている傑は、仕事中なのだろう。

相変わらず皺《しわ》ひとつない細身のスーツを綺麗に着こなし、清潔感の溢《あふ》れる姿にため息が漏れる。さらに麗《うるわ》しい笑顔を向けられ、クラクラした。

「お、お邪魔しています……」

「入館証明書をつけているってことは――風花さんもお仕事中ですか？」

「はい、店舗の巡回の付き添いで。って言っても、私はただ他ブランドの商品を見ているだけなんですけど」

「仕事熱心ですね」

この爽《さわ》やかなスマイルをどうにかしてほしい。キラキラとした笑顔を向けられると、直視できないほど眩《まぶ》しくて仕方ない。

「か、貫地谷さんは……？　いつも店頭には立たないっておっしゃっていたじゃないですか」

「今日はたまたま売り場に用事があって。本当に偶然です」

「そうですか……」

普段売り場にはいないはずの人と、こうして偶然会ってしまうなんて、運が悪いというのか、何というのか。

目の前にいる傑の姿を見て、ふと先日のことを思い出す。

服を脱いで、惜しみなく晒《さら》した男らしい体で風花のことを抱いた。しっとりと浮かんだ汗、熱っぽい瞳。堪《こら》えきれなくて漏れてきた色っぽい声が耳に残っている。

（今、そんなことを考えちゃダメ……っ）

頭の中が沸騰しそうになるのを堪《こら》えていると、奈央が風花のもとへ駆け寄ってきた。

「風花ちゃん、お待たせ……って、あれ？」

スタッフとの話を終えて風花のもとへ戻ってきた奈央は、隣にいる長身の男性に気がつき首を傾げる。

「初めまして、華月屋専務取締役をしております、貫地谷傑と申します」

「え、あ、ええっ。初めまして、スウィートセジュールの瀬崎奈央と申します。え、っと……風花ちゃん、何で……？」

華月屋の専務と風花が話していることに動揺した奈央に、説明を求められる。

「あの……こちらが、さっき話した婚約者の――」

「ええええっ」

さっき奈央に話したのはお見合い相手と婚約のふりをして、結婚はせずに子どもだけ作ろうとしているという内容だった。

その相手が華月屋の専務だったとは予想外だろう。奈央は目をまん丸くして風花と傑を交互に見つめた。

「そう……ですか。あなたが……。私、風花ちゃんといつも仲良くさせてもらっているんです」

「そうでしたか。彼女がいつもお世話になっております」

傑がにこっと微笑むと、周りにいる従業員やお客さんの視線が自然と集まってくる。

奈央も傑の営業スマイルに完堕ちしたようで、目がハートに変わる。

「あ、そうだ、風花さん。今日の夜、お時間ありますか？　お話ししたいことがあって」

「あ、えーっと、はい……」

急に誘いを受け、動揺のあまり素直に頷いてしまった。

（っていうか、仮にも婚約者なのに、こんな人前で断れない）

「よかった。じゃあ、仕事が終わったらまた連絡します」

「はい」

「では、僕はこれで。お仕事頑張ってください」

立ち去る仕草まで完璧で、全てが素敵だ。風花の隣にいる奈央は、余韻に浸《ひた》ったままで傑の背中が見えなくなるまで見つめていた。

「奈央……ちゃん？」

「はっ！　ヤバい、意識どこかにいってたわ」

「よかった、おかえり……」

現実に戻ってきた奈央は、目を大きく見開いてふんっと鼻息も荒く風花に詰め寄った。

「っていうか、アレ何⁉　風花ちゃんってば、あんなハイスペックイケメンと結婚なしの子作りしてんの？」

「わーっ、わーっ、声大きいってば！」

興奮が醒《さ》めない奈央は、大声で身を乗り出し風花の肩を掴《つか》んでくる。傑の退場によって周りに人が少なくなっていたものの、誰かに聞かれたらマズい。

「あれはダメだ。カッコよすぎる。私、今のやり取りだけで妊娠したかもしれない」

「はは、奈央ちゃん……面白すぎ」

「風花ちゃん！　この幸せ者ーっ。私にもその幸せを分けてー」

テンションが上がったままの奈央は、風花の体をぎゅーっと強く抱き締める。

幸せなのかどうかは分からないが、傑が風花の我儘《わがまま》に付き合ってくれる素敵な人であることは間違いない。

いつまでも興奮しっぱなしの奈央を宥《なだ》めながら、ふたりは次の店舗へと向かうのだった。

——そして夜。

奈央と別れたあと、カフェで仕事をしながら傑のことを待っていた。

（話って何だろう）

まさか、今日も妊活しましょうなんて言い出されたらどうしよう。相性が良かったと判断されたみたいで、彼は次もやる気満々だった。

「いや、それはさすがにないかな」

いくら妊活中のふたりとはいえ、そんなに頻繁《ひんぱん》にすることなど考えにくい。お互い大人なのだから、節度を持って行動すると思う。

それにしても、仕事中の傑を初めて見たが、まさに洗練された大人の男性という雰囲気で格好よさに拍車がかかっていた。

一瞬で虜《とりこ》になった奈央の気持ちが分からないでもない。

昼間に見た傑の姿と初めての夜の姿を交互に思い出すと、挙動不審になるほど興奮が高まる。仕事をしながら興奮しているなんて変な人だと思われてしまう、と平常心を取り戻すために深呼吸をした。

するとテーブルの上に置いていたスマホが震えて、傑からのメッセージが届いたことに気づく。

【お疲れ様です。今から食事に付き合ってもらえませんか？】

仕事が終わったという連絡に緊張感を味わいながら返信する。

話したいことがあると言われていたので、その前に食事に行くのだろう。仕事終わりで疲れている傑はお腹が空いているはずだ。

【分かりました】

そう返事すると、すぐに傑は迎えに来てくれた。

彼のリクエストで、イタリアンレストランで食事を済ませたあと、彼の車に乗り込む。

「あの、食事代払います。この前もごちそうになりましたし」

「いいですよ。付き合ってもらったんですから」

「でも」

本当の恋人同士ならまだしも、傑とはそういう関係じゃない。毎回奢《おご》ってもらうなんて申し訳ないと財布を取り出すが、お金を受け取ってもらえない。

どうすればいいか頭を悩ませていると、運転席に座っている傑が風花のほうを見てにっこりと微笑む。

「じゃあ……こうしましょう」

「え？」

傑が助手席のほうへ身を乗り出してきたので、何をするのかと思って彼のことを見ていると、顎《あご》の下にそっと手を添えられた。

（え、ええ……？）

これは、まさかと思った瞬間には、すでに傑の唇が風花の唇に重なっていた。

「ん……」

この前は激しく口づけていたのに、今は触れるだけの優しいキスだ。風花の唇の柔らかさを味わうみたいに、ふわっと重なる。

ちゅ、と甘いリップ音が鳴って、すぐに口づけは終わった。

「これで、充分です」

にこっと微笑みかけられて、瞬時に固まる。

目を丸くして呆気に取られている間に、傑はエンジンをかけて車を発進させる。何事もなかったかのように、運転する傑の横顔を見つめながら、今、されたことを思い出して頭がパンクしそうになった。

（な、ななな……何、今の！）

ひとつひとつの仕草が、すごく意味ありげで、思わせぶり。こんなことをされたら、風花に好意を持っているのではないかと勘違いしてしまいそうになる。

ロマンティックなレストランでの食事もよかったし、家まで送ると言って車を運転している姿もスマートで見惚れてしまう。

(おそるべし、貫地谷さん)

両親からの結婚の圧から逃れるために定期的に会うという、妊活と引き換えの条件を出されているとはいえ、ここまでちゃんと婚約者っぽく扱われると調子が狂う。

それとも……ただ単にキスが好き、とか?

(私としたいっていうより、単純にキスが好きなのかな……そうじゃないと、この状況をうまく説明できない!)

乱れる鼓動を感じながら、冷静さを取り戻すために、窓の外の流れる風景を眺め続ける。

やがて風花の家の近くで車が停車した。シートベルトを外して帰り支度をしていると、傑が風花の手を掴《つか》んだ。

「風花さん、いつも食事はどうしていますか?」

「へっ?」

「抱いてみて思いましたが、風花さんの体、すごく細いと感じました。ちゃんと食べていますか?」

(そ、それって……私の体が貧相ってこと?)

この間は体の相性がいいと言っていたが、やはり風花の体を気に入らなかったのではと察する。

「食事は、それなりに食べています……けど……」

食べてはいるものの、一日一食のことが多い。しかも自分ひとりのために自炊するのが面倒なので、サラダだけとか、インスタント食品だけとか。たまに外食しても、さっと食べられる軽食ばかりだ。

「ああ、勘違いしないでください。今のままでも充分魅力的なんですけど、少し細いなと感じただけです。昔はもう少しふっくらしていませんでしたか？」

「昔……？」

そう言われてみれば、そうかもしれない。

実家に住んでいたときは、母の手料理を食べていたからもう少し体重があった。しかしひとり暮らしをして不規則な生活を送るようになると、確かに痩せた。

「華奢《きゃしゃ》な女性も好きですが、風花さんはどうも体調が悪そうに見える。ちゃんと寝ていますか？」

「……まぁ、それなりに」

「じゃあ、昨夜は何時に寝ました？」

昨夜は仕事に夢中になっていて、朝方まで作業してしまった。知らないうちに寝落ちしていたので、出かける時間ギリギリに目覚まし時計で飛び起きたのだ。

それを正直に話したら怒られそうで口ごもる。

「えっと……何時だろう……」

「いくら仕事が忙しいと言っても、睡眠は大事です。食事も含めて規則正しい生活を送らないと、妊娠なんてできませんよ」

「……ごもっともです」

「ということで、これから毎日様子を見に行きますね」

「えええっ！」

大きな声を上げて驚くと、異論は認めないというような強い視線を向けられて、何も言えずに縮こまる。

(そうですよね、ええ、すみません……)

妊活のためには、規則正しい生活が大事。こっちからやろうと言ったのだから、できる限りの努力を求められるのは当然だ。

それに傑は好きでもない相手に体を差し出してくれているのだ。彼の要望にもなるべく応《こた》えるべきだろう。

「僕が手伝いますから、ちゃんと規則正しい生活を習慣づけしましょう。もしこの方法でうまくいかないのなら、別の手段を考えますからね」

「はい」

「毎日、仕事帰りに寄ります」

話があるというのはこれだったのだと気がついたのは、傑が去ってからのことだった。

というわけで、その日から傑は毎日風花の家を訪れた。

だいたい夜の七時くらいになるとインターホンが鳴る。扉を開けると仕事終わりの傑が立っていて、部屋の中で少し話をして出ていくのだ。

朝からずっと家の中に籠《こも》りっぱなしが多い風花は、毎回すっぴんに部屋着だ。最初はこんな姿を見られるのも恥ずかしかったが、だんだんと傑に普段の様子を見せることに抵抗がなくなってきた。

そんな日が続いたある日のこと。

「風花さん、外に行く用意をしてください。一緒に買い物へ行きますよ」

「ええ……っ」

いきなりそんなことを言われて、慌てて準備をする。とはいえ、今から完璧に用意するとなると時間がかかる。どうすればいいか悩んでいると、傑がソファの上に置いてあるデニムと派手なデザインのパーカーを手に取った。

「顔はそのままで可愛いので大丈夫です。とりあえず服を着替えてください」

（わわ……っ。今、さらっと可愛いって言った？）

お世辞と分かっていても、女性は可愛いと言われると喜んでしまうものだ。ちょっと照れくさいが素直に嬉しい。

「でも……こんな格好の女性と一緒に歩くのは、嫌じゃないですか？」

「全然。風花さん、よくこういう格好しているんじゃないんですか？」

（なぜそれを知っている……!?）

傑に会うときは、それなりの格好をしていたはずなのに、なぜバレているのだろうと驚く。

「ど、どうして知っているんですか……？」

「SNSで見ました。一応、婚約者のことはある程度調べていますので」

そういえば、スウィートセジュールのSNSでこういう格好をしているところを載せた気がする。そのときは、まさか婚約者になる人が見るなんて考えもしなかった。

「どんな格好をしていても可愛いですよ。さ、早く行きましょう」

「は、はい……」

部屋着から急いで着替えると、近くのスーパーへと向かうことになった。

上質なスリーピースのスーツを着ている長身イケメンの隣に、カジュアルな格好をしたすっぴんの女性。明らかに不釣り合いなふたりなのに、傑は全く気にしていない。むしろ、いつもよりちょっと機嫌がいいように見える。

（なぜそんなに楽しそうなの……？）

傑の喜ぶポイントがいまいちよく分からないが、不機嫌よりはいいかと思い直す。

「風花さん、何が食べたいですか？」

「デリコーナーのお弁当でいいですよ」

「だめです。何か作るので、リクエストしてください」

「ええっ!?」

（貫地谷さんが作ってくれるの？）

名家育ちの傑が料理をするなんて想像できない。彼の家はとても綺麗だったが、実は家事が得意なのだろうか。

「いえいえ、そんなの申し訳ないので、私、自分で作ります」

「いいえ、僕が作ります。変わったものでなければ、大体の料理は作れますので。それより風花さんは料理ができるんですか？」

その一言に、「むう」と口を尖《とが》らせる。

「失礼な。私だって一応料理できます。自分だけのために作るのが面倒っていうだけで、ある程度のものは作れます」

「そうですか。じゃあ、それぞれ分担して作りましょうか」

「分かりました、そうしましょう」

そういうわけで、お互いに作った料理を披露する流れになった。風花はメインの煮込みハンバーグを作ることになり、傑はサイドメニューのポテトサラダとグリーンサラダ、あと汁物を担当することになった。

「絶対美味《おい》しく作ります」

「僕も負けません」

スーパーで材料を買って、急いでマンションへ帰る。久しく使っていなかった狭い台所で、並んで洗い物からスタートした。

「これ、いつから使っていないんですか？」

シンク下に置いてある綺麗なお鍋を見て、傑は驚いたように質問してくる。

「いつからでしょう……？　年単位で使っていないことは間違いないですね」

確か前に使っていたのは、彼氏がいた頃。その当時は彼のためにせっせと料理を振舞っていた甲斐甲斐しい彼女だったのだ。

「もしかして、前は彼氏のために作っていたんですか？」

「そうですね。遥《はる》か昔のことですけど」

「へえ……妬けますね」

傑はお鍋を洗いながら、ぽつりとそんなことを言う。

「またまた、貫地谷さんは冗談がお上手ですね。前にも言いましたけど、八年も前のことです。もうないに等しいくらいですよ」

「好きな人に料理をしたいと思う気持ちが甲斐甲斐しくていいじゃないですか」

「でも、もうないでしょうね。次に作るとしたら、子どものためになると思います。恋愛なんてしたくないし」

「そんなふうに思うなんて、過去に何があったんですか？」

「……別に何もないですよ」

そう、傑に打ち明けるほど重大なことではない。こんな話を聞いても楽しくないだろうと話題を変えようとするのに、彼はそれを許さなかった。

「何もないことはないでしょう。八年経っているのに恋愛をしたくないと言い切るほどなんですから。気になります」

「何もないですって、本当に」

笑って誤魔化そうとしても、傑は教えてくれるまで問い詰めるつもりのようで、じっと風花を見つめる。

「それに、どうして恋愛を遠ざけるのか、子作りを頼まれた僕には理由を聞く権利がありますよ」

「う……」

そう言われると、そうかもしれない。ここで彼の要望に応《こた》えないと、後々のふたりの関係に響いてきそうなので、思い切って打ち明けることにした。

「……浮気されたんです。しかも私の友達と」

「浮気……ですか」

「だから、もう人を好きになりません。あんな気持ちを味わいたくないんです」

彼のことを信頼していたのに、あんな酷い裏切りが待っていたなんて。

好きにならなければ、傷つくこともない。だから異性とは一線を引いて、恋愛をせずに今日まで生きてきたのだ。

「男が皆、そうだとは限らないですよ」

「そうかもしれません。でもいいんです。もう裏切られたくないですから。でも、子どもは欲しいと思って……だから結婚せずに子作りしてほしいって貫地谷さんに頼んだんです」

話をしながらも、お互い料理をする手は止めない。風花はまな板の上で玉ねぎをみじん切りにし、傑はお鍋にお湯を沸かしてじゃがいもを茹《ゆ》で始めた。

「風花さんが未婚の母になりたがったのは、そういう理由もあったんですね」

「そうなんです。……すみません、暗い話をしてしまいました」

「いえ、いいんですよ。風花さんのことが知れてよかったです」

申し訳ないと思ったものの、傑は気にしている素振りはない。いつも通りの態度で接し続けてくれるから、警戒心がどんどんなくなっていくのを感じた。

（最初に出会ったときからそうだったけど、貫地谷さんは話しやすいから何でも打ち明けてしまう。しかも私の話に引いたりしないし）

だから次の話題にもスムーズに移っておしゃべりが尽きない。

「貫地谷さんは？　いつもこんなふうに彼女に料理を作ってあげるんですか？」

「正直、しませんね。料理は自分のために作ります。本当に気を許した人しか自分のテリトリーに入れない主義なので」

彼が言うには、自分の家に人を招かないだけでなく、女性の家に上がったりもしないそうだ。

傑は誰にでも紳士的で、風花以外の女性にも同じように優しくしているという印象があったのだが。

「意外です」

「それ、どういう意味ですか？」

「モテモテ人生で、いつも女子が周りにいそうだなって」

「いませんよ」

格好いいし、女性に不自由していないだろうし、それなりに遊んでいる人なのかと思い込んでいたが、実はそうではないのか。話をしているうちに、彼はいい意味で堅物でこだわりの強い人だということが分かった。

「僕は結構一途《いちず》なんです。どちらかと言えば、ちょっと重いくらいですね」

「へえ……。ふふ、自分で言うぐらいだから、相当なんでしょうね」

「遊んでいるよりはいいと思いますが」

「そうですね」

会話をしながら料理は進んでいく。傑はじゃがいもを茹《ゆ》でている間に、ポテトサラダの中に入れる具材の準備をし始め、風花はレンジで火を通した玉ねぎを合い挽き肉の入ったボウルに投入する。そして調味料を入れて混ぜ始めた。

「いい感じにできてきましたね。風花さん、手際がいいです」

「そうですか？　貫地谷さんも包丁さばき上手です。いつも自炊しているんだろうなって伝わります」

一緒にキッチンに立って自分たちのために料理をしているのが楽しい。

「これ……ちょっと味見してもらえます？」

傑がドレッシングを作ったので味見してほしいと、ティースプーンに少しすくって差し出してくる。風花はそのまま何の抵抗もなく、ぱくっと口にした。

「……ん！　美味《おい》しい」

「そう、それはよかった」

口の中に広がる和風テイストのドレッシングに喜んで顔を上げると、傑とばちっと目が合った。

意味深な瞳で見つめられて、目を逸らせなくなる。しばらく見つめ合っていると、傑の顔が近づいてきて唇を奪われた。

「ん……ん!?」

風花の唇に何度も口づけ、甘い音を奏でる。傑は風花の後頭部に手を回して、情熱的なキスを繰り返した。

「元カレは愚かですね」

ぞくっとするほど低い声で囁《ささや》かれる。元カレを憐《あわ》れむような口ぶりだが、嘲笑《あざわら》うかのような不穏さを含んでいる。

「でもよかったですよ。そんな男といて不幸になるくらいなら、いないほうがいい」

「そう……ですね」

普段すごく穏やかなのに、たまにすごく危険な香りがする。どちらが本当の傑か分からない。

「じゃあ、ご飯も完成したので、そろそろ食事にしましょうか」

「はい」

ふたりで作った料理をテーブルに並べ、向かい合って食べ始める。煮込みハンバーグは、大きな失敗もせず完成した。だが、絶対に美味《おい》しく作ってみせるなんて言ってしまった手前、普段いいものを食べているであろう傑の口に合うか不安になってきた。

心配そうに彼の様子を見ていると、ふと目が合う。

「どうしたんですか？　風花さん、食べないんですか？」

「食べます、食べます。それより貫地谷さんのお口に合うか不安で……」

傑が口に運ぶ様子をじっと見て、その反応を窺《うかが》う。

「美味《おい》しいです」

「本当ですか？」

「本当に美味《おい》しいですよ。さ、風花さんも食べて」

よかった、と胸を撫でおろし、風花も食べてみる。傑の言う通り、上手にできている。ちゃんと火も通っているしお肉も柔らかい。煮込みソースの味もいいし、これは成功と言えるだろう。

「ポテトサラダも、お味噌汁も美味《おい》しい。貫地谷さん、お料理上手ですね」

「ありがとうございます。お口に合ってよかったです」

久しぶりに誰かの手料理を食べた気がする。いつも簡素なご飯で済ませていたから、心の底から美味《おい》しいと思えた。

どれもすごく美味《おい》しくて、あっという間に完食してしまった。

「美味《おい》しかったですね。美味《おい》しいご飯、幸せ～」

「そうですね。こうやって規則正しい生活と栄養バランスの取れた食事を心がけましょう」

「はい」

そうして後片付けをして九時になる頃、突然お風呂を貸してほしいと傑が言い出した。こちらとしては使用してもらっても構わない。今日も一日外で働いてきたのだし、疲れを取るためにも入浴したい気持ちはよく分かる。

しかしこの家のバスルームより、傑の家のバスルームのほうがどう考えても広くて快適かと思うのだが。

「では、お言葉に甘えてお風呂お借りしますね」

「どうぞ。狭いですが……」

「あ、そうだ。風花さんも一緒にどうですか？」

「ええっ！」

（何を言い出すかと思ったら、一緒に入ろうですって？　そんなのムリムリ！）

男性と一緒にお風呂に入ったことなどない。というか、明るい場所で裸になるなんて恥ずかしくてできない。

「お風呂までですよう？」

「そうですけど、でも結構です！」

一緒に入るところを想像しただけで、顔から火を噴き出しそうになる。そう思って断ったのに、傑はソファの横にやってきて、風花の隣に腰掛ける。

「何を恥ずかしがっているんですか？　僕たち、セックスした仲じゃないですか」

「そ、そうなんですけど、これとそれは違うっていうか……」

「お互いの裸だって見ましたよね」

傑の手が風花の服に伸びてきたと思ったら、服の裾を持たれて、がばっと上げられる。勢いよくやられた流れで、そのままバンザイの格好をしてしまった。

パーカーを脱がされてキャミソール姿になると、シンプルな白のキャミソールさえも剥《は》ぎ取ろうと彼の手が動く。

「ちょっ……待って」

「風花さん」

傑は強い口調で名前を呼ぶ。彼の手を制止しようとしたら、手首を掴《つか》まれて動きを阻止された。

「何度も言うようですが、風花さんがやりたいと言い出したから、僕たちは妊活をしているんですよ。風花さんに足りないのは、その自覚。そろそろ羞恥心《しゅうちしん》を捨てて、もっと積極的になってください」

でも、でも……と心の中で反論する。

やろうと思っていても、心の準備を上回るような誘い方をされてしまうと、恥じらいが勝ってしまうのだ。

傑を前にすると、調子が狂う。

「そうじゃないと、僕だけ躍起になっているみたいです」

言って、傑は伏し目がちで悲しそうな表情を浮かべる。

ふたりで頑張るべきことなのに、パートナーに同じ熱量を感じられないと言わせてしまったことに胸が痛む。

「ごめんなさい……」

「恥ずかしがるあなたをいじめるのも、それはそれで楽しいですが、早く次のステップにいきたいですね」

「え……？」

「まずは僕のことを名前で呼びましょうか」

傑は、さっきまでの悲しそうな表情を消し、口角をにっと上げて意地悪な笑みを浮かべていた。

「さあ、呼んでください」

名前で呼んでほしいと言われて、また胸がバクバクとうるさく鳴り始める。「傑さん」と呼ぶだけなのに、こんなに緊張するなんて。

「す、ぐる……さん」

消えそうなほど小さな声で名前を呼ぶけれど、ニコニコしたままの傑は何かを待つように見つめ続けてくる。

（聞こえないってこと……？）

もう一度大きな声で呼ばなければいけないのか、と深呼吸して心を決める。

「傑さん」

そう呼ぶと、いつもの笑顔と全然違う——心の底から喜んでいるのが伝わってくるような笑みが零《こぼ》れた。その柔らかな表情を見て、息が止まりそうになる。

（名前を呼ぶだけで、そんな……）

たったそれだけのことなのに、そんなに嬉しそうな顔をされるなんて予想外だった。

彼の隠された心を覗《のぞ》いたみたいで、不思議な気持ちになる。

じっと見つめていると、風花の視線に気づいた傑はすぐに真顔に戻った。

もしかして、ずっと名前で呼ばれたいと思っていたのかというような表情が目に焼き付いて離れない。そんなことあり得ないだろうが、あの笑顔を見たら勘違いしてしまう。

（いやいや、そんなこと、きっとない）

その間にも、彼の手は動き続け、キャミソールまで脱がされる。あっという間にブラジャーだけの姿になってしまい、慌てて手で隠す。

「傑さん、ってば」

「何ですか、風花さん」

「勝手に脱がさないでください。前が全部見えてます」

「いいじゃないですか。下着をつけているんだから、裸じゃない。早くお風呂に入りますよ」

入らないという選択肢を与えられず、風花は傑に抱っこされてバスルームへ運ばれてしまった。

そして、自分で服を脱げない子どもみたいに、一枚一枚、ショーツまで丁寧に脱がされて裸にされた。傑の手にある風花のショーツを見て、急いで奪い返す。

「傑さん……っ」

「可愛いショーツですね。これも、風花さんのデザインしたものですか？」

「そうです、けど……。使用済みなので、あまりじっくり見ないでください」

「そうですか、残念」

そう言ったあと、傑は自分の服を脱ぎ始めた。ガバッと大胆に服を脱ぐと、逞《たくま》しい男性の体が現れる。相変わらず美しい筋肉で、引き締まっている腰が色っぽい。

「風花さんも、同じように脱がしてくれます？」

「へえ……っ⁉」

ベルトのバックル部分に手を持っていかれて、これを外してほしいとお願いされる。しかもその下はもうすでに反応しているようで、膨らんでいるのが見えた。

(傑さん、反応が早すぎるよーっ)

顔を赤面させて戸惑っていると、傑は風花の手を上から持って、ベルトを外していく。操作されているとはいえ、風花が脱がしているみたいだ。

「だ、だめ……こんなこと、できないです」

「そう言わずに」

「あ……っ」

ベルトを外し、スラックスのホックを外す。そしてファスナーを下ろすと、黒のボクサーパンツを押し上げる硬くなったものが露《あら》わになる。ウエストのゴムの部分まで押し上げていて、中身が見えそうなほどだ。とても苦しそうで、窮屈そうに見える。

「下着も……いいですか？」

「だっ、だめですってば！」

「お願い、風花さん」

「うう……」

下着を脱がせてとおねだりしながら、硬くなった場所を風花に撫でさせた。手を上下に動かされるたびに傑の形が伝わってくる。

筋張った茎の部分と、深い括《くび》れ。初めての夜、そこで風花の中を擦《こす》っていたのだと思うと、風花の下半身に熱が籠《こも》る。

「いけません、本当に。こんなこと……」

「これも行為の一環ですよ」

そうと分かっていても、布越しとはいえ傑の屹立《きつりつ》の存在感が半端ない。苦しそうなほど膨張して、浮き筋立っているのだ。

「風花さん、早く」

吐息交じりの甘い声で催促される。

顔を上げて目の前にいる相手を見ると、欲情してフェロモンが溢《あふ》れている顔をしていた。とろけるような、でも少し切なそうな。

こちらとしては焦《じ》らしているわけではないのだが、もどかしそうにしている。

（こういう顔も素敵だなんて……ああ、もう）

ボクサーパンツのウエスト部分に手を持っていかれて、そのままずらして脱がす。中から勢いよく現れた屹立《きつりつ》は、艶《つや》めかしく先端を濡らしていた。

「風花さんに脱がしてもらえるなんて興奮します」

「何を言ってるんですか、やらせているくせに」

「はは、そうでした。……じゃあ、入りましょうか」

このまま触らせるのかと思っていたが、入浴を優先させるらしい。風花は、バスチェアに座る傑の前に背を向けた状態で座るよう促《うなが》される。そして、傑は背後から風花の体を洗い始めた。

背中を見られていると思うと緊張して背筋がピンと伸びる。鏡に映らないように手で前を隠して傑に話しかけた。

「あの、いいですよ、自分で洗います」

「たまにはいいでしょう？　人に洗ってもらうのも、新鮮で」

「……あっ」

断ったにもかかわらず、彼の大きな手は風花の背中を撫でてきた。

泡のついた手で体を撫でられると、こそばゆいような気持ちいいような……

ホイップのようななめらかな泡を全身につけられるたびに、声が漏れそうになって困る。

「背中と腰は終わりました。次は前ですね」

「あ、――んっ……」

ぬるん、と彼の手が前に滑ってくる。そして風花の両胸を泡のついた手で包んだ。

「どうしたんですか、ここ……起《た》ってますね」

「……んっ」

ぬるぬるの指先で胸の先を摘まれると、ビクンと体が大きく揺れた。傑の指はその反応を見逃さず、硬くなった胸の先を何度も指で刺激し続ける。

「素直に反応して可愛いですよ。もっと僕を興奮させてください」

「声が……出るから、止めてください。バスルーム、声が、響く……から。んッ」

いやらしく動き続ける指は、風花がお願いしても止まろうとしない。むしろ、もっと気持ちよくさせるために、強弱をつけて触れ、摘まんで転がしてくる。

気持ちいい力加減で触れられて、風花の体から力が抜けていく。胸を弄《いじ》られているうちに、下半身が疼《うず》いてきた。太ももを摺《す》り寄せて身を捩《よじ》ると、彼はそれを見逃さない。

「綺麗になりました……？　次は、ここ」

「ん、ぁ……っ、傑さ……」

太ももを割り、その奥にある場所へ手が伸びてくる。ふいに、泡を足してそこを丁寧に洗おうとした彼の手が止まる。

「おかしいですね。ここは、まだ泡をつけていなかったはずですが」

「え……？」

「ぬるぬるになっています。これは……」

風花の中から溢《あふ》れた愛液。そう気づいた瞬間に、急いで太ももを閉じる。

「こら、痛いです。僕の手を挟まないでください」

「ここは自分で洗えますから、大丈夫です！」

「いけません」

（傑さんの下半身を見てから、触発されて興奮しているなんて知られたくない。恥ずかしい！）

脚を閉じて拒否するのに、彼の手によってもう一度開かれる。背後から手を伸ばされているので、中は見えないとしても……その太い指先で襞《ひだ》を開かれれば、どうしようもなく濡れていることが分かってしまう。

「傑さん……」

お願い、気づかないで、と願うものの、彼の手は無情にもそこを暴《あば》く。

「いいじゃないですか。僕に慣れたから、こんなふうにちゃんと反応するようになったってことです」

「そう、なんですか……？」

「ええ。だから、恥ずかしがらないで」

一度お湯で泡を落とした傑の指が、花弁を割り広げる。そして彼の指が奥へ挿《さ》し込《こ》まれた。

「あ……ッ」

その瞬間、中がきゅうっと締まって傑の指をきつく締め付けた。

太くて逞《たくま》しい指が中に入ってきただけで、風花の体は悦《よろこ》びで弾《はじ》ける。気持ちよくて気が遠くなりそうだった。ずっとじりじりと焦《こ》がれていたのは、こうしてほしかったからなのだ。

「風花さんの中、すごく熱い。ああ、ここに入れたら、すごく気持ちいいでしょうね」

「……っ、ん。ぁ……ぁっ」

そう言いながら、傑は風花の中を指でかき混ぜ始めた。お腹のほうの壁を指で揺らし、蜜を掻きだすように動かす。そのたびに奥から蜜が溢《あふ》れて、太ももに伝っていく。

必死で声を抑えながら、彼の愛撫を受け止めていると、彼のもう片方の手が胸を揉み始めた。

「声を抑えているんですか？」

「ん……っ、あ……ぁぁ」

「可愛いですね。外に聞こえないよう、頑張って声を抑え続けてくださいね」

（これを止めてくれたら、声も止まるのに……っ）

そう恨めしく思うのに、傑の手は動きを止めようとしない。恥ずかしいのに気持ちよくて、感情がぐちゃぐちゃになっていく。

「気持ちいいのに我慢しないといけない状況って……いいですよね」

そう言ったあと、傑は背後から風花の顎《あご》を掴《つか》んで横に向かせ、深い口づけを与えた。バスルームの熱気と、傑の舌の熱さで頭がとろける。

(傑さん……)

キスと愛撫で頭がいっぱいだ。彼の指を美味《おい》しそうに咥えている場所はどんどん高まり、もっと欲しいと貪欲にねだる。

これ以上先に進んではいけないと思うのに、傑の手によって上へ上へと押し上げられていく。

バスルームの中にいやらしい音が響いて、キスが止まらない。彼からの口づけも、いつの間にか自分から積極的に舌を動かしていた。

「んっ……ああ、ぁ……っ、す、ぐるさ……ぁン……ッ」

淫猥《いんわい》な音を立てながら掻き回されて、体も頭もぐちゃぐちゃになっていく。与えられる強い快感に呑み込まれて目の前が霞《かす》んだ。

「指を入れただけで、こんなにすぐ気持ちよくなってしまうんですか。風花さんのここは、エッチですね」

呆れたように耳元で囁《ささや》かれて、恥ずかしさでカッと体が燃え上がる。そんなことないと否定したくても、濡れてどうしようもなくなっている音が激しくて何も言えない。

「いいですよ、イッても。その代わり、ちゃんと僕におねだりしてください」

「おね……だり？」

「ちゃんと僕のほうを見てイカせてほしいとお願いしてください。そうしたら、すごく気持ちよくしてあげます」

傑はそう言うと、風花の中から指を抜いてしまった。気持ちよかった存在がなくなった喪失感で蜜道が震える。もっと欲しかったのにと、中が切なくてたまらない。

傑は風花の体を支えてバスタブの縁《ふち》に乗せ、その隣に自身も座り肩を抱き寄せる。

「僕のことが欲しいと言って」

「あ……っ」

愛液でぬるぬるになった入り口を撫でられて、体が痙攣《けいれん》するみたいに揺れた。ここに欲しいんだろう？　と言われるみたいに周りをなぞられるたびに腰が動いてしまう。

「さあ、早く。このまま気持ちよくなれないままでいいんですか？」

悪戯《いたずら》な指はすぐそこにある。さっきみたいに中の壁を弄《いじ》ってもらったら、すぐに昇ることができると知っている体が疼《うず》く。

思考が鈍っている頭では、恥ずかしさが薄れていて目の前の欲望しか見えない。

「傑さん……」

とろんとした瞳で彼を見つめる。名前を呼ぶと、嬉しそうに見つめ返してくる。

そして風花の体を抱き締めて、額《ひたい》や頬、首元に優しく口づける。愛されているみたいな愛撫を与えられて、言ってもいいのかなと心が絆《ほだ》される。

「欲しい……」

「何が欲しいんですか?」

「傑さんが、欲しい……です」

「ん」

頭を撫でられて、キスの回数が増える。もっと言ってほしいとおねだりされているみたいで、心が高まる。

「気持ちよくなりたいですか?」

「……ん、ぁ……なり、たい……」

「素直でいいですよ。僕に気持ちよくされているってことを、ちゃんと実感してください」

ぎゅっと抱き締められながら、ぐっと奥まで指を挿入されて、待ち焦《こ》がれていた指戯が始まった。

「ああっ、あん……っ、ぁ、あぁ……!」

耳を塞《ふさ》ぎたくなるような蜜音を立てて、瞬《また》く間に快感が溢《あふ》れてきた。声を抑えることを完全に忘れて、無我夢中で感じる。

どんどん追い詰められて、余裕がなくなり、ぎゅっと目を瞑《つぶ》って昇っていく体を傑に預けた。

その様子を見て何度も口づけてくる傑に腕を回し、彼の胸の中で絶頂に達したのだった。

「はあ……っ、ん……」

達するまですぐだった。

くせになりそうな快感が全身を包んでいるので、終わったあともまだ気持ちいい。

食いちぎるように締め付けてくる風花の中から指を抜き、傑はぐったりとした彼女の体をお姫様抱っこして立ち上がった。

「傑さん……？」

「のぼせてはいけませんからね。続きはベッドで」

バスルームを抜けて、寝室へ向かうらしい。移動中に感じる廊下の空気が、火照《ほて》った体には冷たくて気持ちいい。

お姫様抱っこをされたまま、寝室に入りベッドへ向かう。

いつも自分が使っているベッドの上で、こんなことをする日が来るなんて信じられない。風花の体を置くと、傑はその上に覆いかぶさる。

「寒くないですか？」

「……大丈夫です」

返事を聞くと、傑は風花の体を撫でて指先で太ももをなぞった。

「今日はこの前よりもたっぷりと出しますね」

妖艶《ようえん》な瞳が風花の腹部を見ている。臍《へそ》と股の間の――子宮のあるあたりを、そっと撫でられてゾクゾクした。今からここに入れて、中にたくさん射精するのだと宣言され、子宮が奥で反応する。

「入れますよ」

風花の目の前で膝立ちしている彼の引き締まった体に目を奪われる。膨張した下半身は力強く天を仰いでいて、中に入るのを心待ちにしているようだった。

たまに見せる冷ややかな瞳が、風花のことを見下ろしている。その目にまっすぐ見つめられていると、全てを捕らえられているみたいな気持ちになる。

傑は風花をじっと熱く見つめながら、腰を近づけた。

「は、ぁ……っ、んん！」

鈴口で媚肉を広げると、ゆっくりと奥へ押し込んでくる。狭い淫筒が彼の形によって広げられて、淫猥《いんわい》な音を立てながら呑み込んでいった。

「あぁ……っ、あん……ぁ……ああ」

太いものに貫《つらぬ》かれて、肌が震える。さっきの指戯も気持ちよかったが、今のほうが快感が大きい。

屹立《きつりつ》が中を蹂躙《じゅうりん》する。内壁を擦《こす》って最奥の子宮口に口づけたら、またゆっくり引き抜かれていく。それを繰り返されるだけで腰が砕けそうになった。

「風花さんの中、とろとろですね。絞り取られそうなほど、締め付けてきます」

「あっ、あああっ、あん……！」

傑が腰を打ち付けるたびに、風花の胸が上下に揺れる。赤く染まる胸の先を弄《いじ》り、膨らみを揉まれながら突き上げられると、激しい快感を得られた。

傑にされること全てが気持ちいい。気を抜くと、その気持ちよさに全部持っていかれそうで怖くなる。そんな風花の気持ちに気がついたのか、傑は頬に口づけてきた。

「もっと気持ちよくなりましょうね」

「え……？」

「ほら、ここ。何という名前でしたっけ？」

「……っ、あ！」

ふたりの繋《つな》がった場所のすぐ上にある――敏感な蕾《つぼみ》を一撫でされる。それだけでビクンと大きく体が揺れて意識が飛びそうになった。

その場所の名前を教えられたことを思い出すが、恥ずかしくて口にできない。

「ん、ぁ……っ、ああっ」

「もう名前を忘れてしまいましたか？」

中に埋まっているそれを、指で丁寧にほぐされる。思わず中にいる彼を締め付けてしまうのだが、そうすると余計に屹立《きつりつ》の大きさを実感した。

「ほら、思い出して。こんなふうにされたら、気持ちいい場所。名前を教えたでしょう？」

声のトーンは優しいのに、指の動きは焦《じ》らすばかりで、すごく意地悪だ。

愛液でぬるぬるになった指先が思わせぶりに何度もそこを弄《いじ》る。強くされていないいはずなのに、感じすぎて頭が弾《はじ》けそうになった。

「ほら、皮を剥《む》いたら……もっと気持ちいいんですよ」

「あんっ！　ああ！」

隠れていた敏感な場所が彼の指によって暴《あば》かれた。さっきよりも刺激が強くなって体がビクンと弓なりに反る。

風花の様子を見ながら、傑は指を上下に小刻みに動かす。そのたびに腰がビクビクと震えて意識が遠のく。

「ああっ、あ、あぁ……！」

「まだ言えませんか？　もう一度教えてあげましょうか？」

知っている。でもやっぱり恥ずかしくて言えない。それよりも今すごく気持ちいい――

そんなことを考えながら、与えられる快感に酔いしれていると、彼が耳元に唇を近づけてきた。

そして、その部位の名前を甘い声で囁《ささや》く。

「ああっ！　ん、ああ――」

その瞬間、恥ずかしさと気持ちよさで達してしまった。弾《はじ》けるように体を仰《の》け反《ぞ》らせて、何度も激しく痙攣《けいれん》する。イッている間も彼の指は動き続けて、もっと上にいけと言わんばかりに押し上げてきた。

「勝手にイッてしまうなんて……いやらしい体ですね。風花さん」

絶頂を味わって間もない体に、傑は容赦なく抽送し続ける。まだ敏感な内側を擦《こす》られていることで、快楽の炎はより燃えさかって消えない。

「自分だけ気持ちよくなってしまうなんて、いけない子です。僕も楽しませてください」

風花の膝を押し上げて、ぐっと大きく脚を開いた。その中心をかき混ぜ、少しずつ動きを速めていった。

「あっ、ああっ、ああん！」

リズムが速くなる。絡みつく肉壁の中に欲望をねじ込まれ、熱い吐息を漏らす傑にしがみついた。

激しく穿《うが》たれ、孕《はら》ませてやろうという男の本能が伝わってくる。その力強さに悦《よろこ》びを感じて、必死に応《こた》えようと傑の体に抱き着いた。

繋《つな》がった場所が熱い。どろどろに溶けて、どこが境目か分からないほどひとつになっている。

(もっと……もっと欲しい)

どうなってもいい。壊れてもいい。傑になら、何をされてもいいと身を預けて全身で応《こた》える。

そう思いながら抱き着いていると、彼に唇を奪われた。すぐに割って入った舌に、風花も激しく舌を絡ませ合う。

(私たち、今、すごく繋《つな》がってる)

そう実感したとき、彼のものが中でさらに大きさを増した。

「そろそろ……出そうです。いいですか?」

切なそうな声でそう聞かれて、風花はこくんと頷いた。

「全部、受け止めてください。いっぱい……出しますから」

「……はい」

子宮がきゅんと震える。早く欲しいと渇望しているそこは、きゅうきゅうと締め付けている。

「……っ、く。……はぁ」

欲望の制御を失くした男の体が暴れるように動き出す。とろとろの眼差しで傑を見つめ、気持ちよさそうに眉根を寄せる表情に見惚れる。

（傑さんのそんな顔……もう……）

色気の漏れる表情に胸がときめく。普段見せない欲望にまみれたところも魅力的だと思う。

「あ！　あぁ……っ、もうダメ……あああ」

「風花さん、出しますよ……。……っ！」

（傑さん……っ）

彼の名前を心で呼びながら、一緒に昇っていく。唇も蜜口も全部傑に奪われながら、最奥に深く挿入された状態で放たれる白濁。それを一滴も零《こぼ》さず悦《よろこ》んで受け止める。

最初は中に出されるなんて！　と驚いたはずなのに、今は出されると全身で感じてしまうほどになった。

出し切ったあともしばらく繋《つな》がったままで余韻に浸《ひた》る。その間も傑は風花の頭を撫でて、熱くなった肌に口づけを続ける。くすぐったいような、嬉しいような甘い時間が流れた。

（扱いが優しすぎて……どうしたらいいの……？）

身を任せて可愛がられていたらいいのか、それとも離れたほうがいいのか。迷いながらも彼に身を任せ続ける。

「風花さん、明日もしますから。そのつもりで」

「………はい」

自然なかたちで妊娠を望む彼は、可能性のある日だけするのではなくて、頻繁《ひんぱん》にしたいらしい。そこは譲れないと言われた。

その日を境に、夜は家で傑と一緒に食事をするようになった。それを食べてしばらくすると、傑は何かと理由をつけて風花をベッドに誘いだし、深夜まで抱きつぶす。

そして彼が帰ったあと、疲れ果てた風花はそのままベッドの中で眠ってしまうのだ。

適度な運動、そして充分な睡眠。

寝起きもよくなったし、ぐっすり眠れるようになってきた。

だいたいは、翌朝目を覚ますと、もう彼の姿はない。眠ってしまった風花を見届けてから、施錠して鍵をドアポストに入れて帰っているようだ。

「どこまでも気が利く人だ……」

傑の行き届いた行動に感心しながら、ベッドから動き出す。八時までには服を着替えて身支度をし、軽い朝食を食べながらパソコンを起動させて仕事を始めるようになった。

依頼されている仕事が山のようにある。いくつかデザインを考えてみては、微調整を繰り返す。

お昼頃に一息入れて、そのあとも仕事に集中。深夜にやっていた頃より明らかに効率がよくなっている気がする。

もう一つ変わったことと言えば、夕方になるとだんだんソワソワしてくるということ。入浴して傑に会う準備を始めるのだ。

「はあ……」

今までこんなふうに誰かと頻繁《ひんぱん》に会うことなどなかったし、そのために緊張して準備するなんてこともなかった。久しぶりの感覚にまだ慣れない。

でも変な格好で会うのも嫌だし、最低限のマナーとして綺麗にしておこうと努力していたのだった。


そんな規則正しい生活が身についてきたのだが――数日が経過したある日。

インターホンの音がして、ふと目を覚ます。

うっすらと目を開くと、周りは真っ暗。今何時か分からず、枕元に置いていたスマホの待受画面を見てみると、二十時三十分と表示されていた。

「夜の八時……？」

ぼんやりと考えていると、もう一度インターホンが鳴る。宅配業者かなと考えながら体を起こして、ドアホンモニターを見てみると、傑の姿が映っていた。

「わ！　しまった」

昨夜から締め切りにどうにかして間に合わせるため、朝方まで仕事をしていた。何とか提出したあとは、疲れて寝てしまったのだ。

居留守を使うわけにもいかず、おずおずと玄関まで向かう。そして開錠した瞬間、勢いよく扉が開かれる。

「風花さん！」

「お……はよう、ございます……」

「何度連絡しても返事がこないと心配していたら……寝ていたんですか？」

「は、はい……」

朝から何度かメッセージを送っていたが、一向に連絡が来ないので心配していたようだ。今まで爆睡していたので、全く気がつかなかった。

立ち話も何だということで、とりあえず中に入ってもらう。

「規則正しい生活を送るようにと一緒に頑張ってきたのに、また朝まで起きていたんですか？」

「………はい。今日が締め切りだったので、つい朝までやってしまいました……」

部屋の様子を見て、一生懸命仕事をしていたことが伝わったようで、それ以上追及されずにすんだ。だが、傑は心配そうにじっと風花の顔を見つめる。

「また顔色が悪いですよ。風花さんは、在宅ワークで不規則な生活が体に染みついているようです。それを改善しなければならないとは思っていましたが、やっぱりひとりでは難しそうですね」

「と、言いますと？」

「これから僕の家で寝泊まりをしてください。仕事はこの部屋でして、寝るのは僕の家です」

「ええっ」

（あの家で寝泊まりする？　そんな！）

傑の婚約者のふりをしながら妊活しているとはいえ、生活を共にするなんて考えていなかった。というか、そもそもそこまで協力してもらうなんて申し訳ない。

「いや、それはさすがにやりすぎですよ。もっと自分で管理できるようにしますから、今回は……」

「だめです。ちゃんとやると決めたでしょう？　やるなら、徹底的にやらないと」

「でも……」

「でもじゃありません。あなたのペースに合わせた方法にしてみましたが、うまくいきませんでした。それなら別の方法を試すしかない」

今から荷造りしなさい、と圧をかけられ、キャリーケースに数日過ごせるぶんの服を詰め込んだ。そして車に乗せられて、傑の家に移動する。

「おじゃまします……」

二度目の来訪に緊張していると、玄関に女性もののスリッパを差し出される。

「風花さん用のスリッパを用意しておきました。どうぞ」

可愛いふわふわのスリッパに足を入れると、満足そうに微笑みかけられる。わざわざ自分のために買ってくれたのかと思うと恐縮するが、なぜ準備してあるのだろう？　と不思議に思う。

洗面所にはいつも風花が使っているシャンプーやトリートメントが置いてあり、新品の歯ブラシもあった。傑は風花の家でシャワーを浴びて帰っていたので、使っているヘアケアのブランドを知っていたのだろう。

しかし――こうなることを予測していたかのような準備万全さが気になる。

（きっとこうなるだろうって分かっていたのかな。さすが、傑さん……）

というわけで、傑の家で過ごすことになったのだが、高級なマンションなので落ち着かない。どこに身を置けばいいか分からず、とりあえずソファの上にちょこんと座ってみる。

「自分の家のようにリラックスしてください」

「そう言われても……こんな広々とした部屋だと緊張します」

ははは、と笑う傑は、スーツのジャケットを脱いでネクタイを緩《ゆる》める。そしてシャツのボタンを外したところで口を開く。

「お腹空いていませんか？」

「……空いて、いますね……」

腕時計を外した傑は、部屋の中を歩きながら華月屋の大きめのショッパーをテーブルに置く。その中から何かを取り出そうとしている途中で、風花のお腹が「ぐう」と鳴った。

「ご飯にしましょうか」

「ご飯……あるんですか？」

「ええ、今日はデパ地下でお弁当を買ってきました。それから、これも」

傑がテーブルの上で白い箱を開けたので、風花は立ち上がって近づいた。開かれた箱の中を見てみると、そこには艶々《つやつや》のブラックチョコでコーティングされたチョコケーキが二つ入っていた。オレンジや苺などのドライフルーツがいくつか載っていて、とても華やかだ。

「わー、美味《おい》しそうなケーキ！」

「期間限定で出店しているパティスリーがあったので買ってきました。お客様から好評だったので、きっと美味《おい》しいと思います」

「ありがとうございます！」

その美しいケーキを見ているだけで、顔が緩《ゆる》んでしまう。さっきまで慣れない部屋に緊張していたのに、そんなことは吹き飛んでしまった。早く食べてみたい、と心が躍っている。

「いただきます」

テーブルに向かい合うように座って、ご飯を食べ始める。

華月屋のデパ地下の中で人気だというお弁当は、色とりどりのたくさんのおかずが詰められていた。照り焼きチキン、出し巻き玉子、海老団子、青菜のおひたし、人参のラペ、蓮根の梅肉和え、大根と鶏肉の煮物、かぼちゃとさつまいもの香味和えなど。メインのご飯は鯛の香飯だった。

野菜と肉と魚のバランスが絶妙で、どれも上品な味だ。さすが人気のお弁当と納得のいく美味《おい》しさで、幸せな気持ちになる。

「美味《おい》しい……」

「ですね。有名レストランのシェフが監修したもので、三ヵ月連続販売数一位です。うちの百貨店でしか買えないので、わざわざこれを買いに足を運ばれるお客様もいるくらいなんですよ」

「確かに、買いに行きたくなるくらい美味《おい》しいです」

　こんなに美味《おい》しいお弁当は食べたことがないと感動しながら、次々と口に運ぶ。傑と一緒に作る晩ご飯も美味《おい》しいけれど、こうしてプロの作った手の込んだ料理は文句なく美味《おい》しい。

「そういえば、風花さんのご両親がうちの両親へ永寿桔梗堂の新作のお菓子を送ってくださったみたいで、とても喜んでいました。ありがとうございます。お義父様《とうさま》にも連絡をしておきました」

「そうですか」

　風花の両親が傑の両親と親交を持っていることに驚くものの、これから結婚して親族になるのだからと気を回しているようだ。両親はふたりが妊活だけのために一緒にいるとは、思ってもいないだろう。

　騙《だま》しているようで胸が痛むが、本当のことを打ち明けるわけにもいかないので仕方ない。

「お義父様《とうさま》、お仕事が忙しそうですね」

「みたいですね。これからの季節、秋の紅葉でお茶会が増えるみたいで……注文がたくさん入っているようです」

　お互いの家族の話をしながら食事を進めるうちに、仕事の話に変わっていく。

「そういえば、締め切りだと言われていましたが仕事はどうですか？」

「今日が締め切りだったんですけど、ギリギリになってデザインを変えたくなっちゃって。だから、朝までかかってしまったんです」

「そうなんですか。今回はどんな感じにしたんですか？」

「ティーン向けの新ブランドで、ナイトウェアのデザインをしていました。可愛くポップな感じに仕上げたんです。マカロンとかケーキとかをイメージしたような可愛い雰囲気の！」

今回はパステルカラーを使って、思いっきりキュートなものをデザインした。家の中でも可愛いパジャマを着て、思いっきり女子感を楽しんでほしいという思いを込めたのだ。

「可愛いです。女の子って感じですね」

スマホに入れていたデザインデータを見せると、傑はじっくりと眺めたあとデザインを褒めてくれた。今まで何度も下着のデザインをしてきたけれど、人からの評価がどうなのか分からなくて不安になることがある。だから、こうして褒めてもらえると、自分の創ったものが認められたようで嬉しい。

「あ、そうだ。傑さんって、どういう下着が好きなんですか？」

「え？」

「あの、深い意味はないですよ。あくまでも仕事上の参考に。男性を意識して下着を選ぶ女性もいるでしょうし、男性の好みを聞いておきたいなって」

ひとりの男性の意見として、どんなものが好きなのか気になっただけだ。風花が身につけるとか、そういうのは関係ない。

「そうですね……。どちらかというと、スポーティな下着をつけている女性にぐっときますね」

スポーツするときに装着するようなノンワイヤーのブラジャーだとか、ジムで汗を流すときにする感じのものが好みだと聞いてドキリとする。

「男の下着をつけているとか、そういうボーイッシュな中に色っぽさが見えるとギャップを感じて燃えます」

「な、なるほど……」

いいのか悪いのか、風花はいつも家で過ごしていることもあって、そういうカジュアルなブラジャーをつけている。傑が好みだという、ブランドのロゴの入っているスポーツブラやリラックスしやすいノンワイヤーのブラジャーだ。

「だから、いつも風花さんの下着姿にはぐっときていますよ」

「そういうの、言わなくて大丈夫です……」

恥ずかしげもなくそんなことを言う傑に照れて目を逸らす。

「そうですか？　知りたいと言ったのは、風花さんじゃないですか」

「まぁ……そうなんですけど」

「ほら、ご飯を食べたら、デザートにしましょう」

「はい」

お弁当を食べたあと、傑の買ってきてくれたケーキを食べることになった。だが、傑はそのケーキを食べずに、美味《おい》しそうに食べる風花のことを見つめている。

「傑さん、食べないんですか？」

「ええ。大丈夫です。もうひとつも風花さんが食べてくれていいですよ」

「でも……」

「僕のことは、ご心配なく。他に食べたいものがありますから」

他に食べたいものって何だろう？　と不思議に思っていたら、彼は違うデザートを楽しみにしていたようで――風花がベッドの上で美味《おい》しく食べられることになった。

それに気がついたのは、服を脱がされて下着姿にされたあとだった。

4

「……ほら、もっと腰を浮かせて」

「や……あっ。こんなの……できな……ああっ」

仰向《あおむ》けで体を反らした状態で、腰を掴《つか》まれてガツガツと突き上げられている。快感で頭が朦朧《もうろう》としている中、傑の手が胸の下あたりを撫でた。

「ほら、この辺あばらが浮いてます。やっぱり、細いですね」

「だっ……誰でもこんなに体を反らしたら、あばら浮きます……っ」

「そうですか？　でも……細いのに、胸はあるんですよね。いい体してますよ」

揺さぶられるたび、風花の胸が激しく揺れる。その胸を大きな手で掴《つか》まれて、少し強引に揉まれた。

「ここも触ってほしいですか？　起《た》ってますよ」

揉みしだきながら、ピンと立ち上がった胸の先を指で摘まれた。優しく摘まんでは、悪戯《いたずら》に転がす。

（私の体……傑さんに好きなようにされてる……）

やりたいように触れられて、弄《いじ》られて。風花の体など簡単に自由にできる大きな体に包まれて、ひとつになって一緒に気持ちよくなって、そして……中に出される。

ちゃんと毎日「仲良く」しているし、タイミングもばっちりなはず。傑と一緒に住むことになってから、朝は彼の起きる時間に目覚めるし、夜は……子作りに精を出して疲れ果てて寝る。

そんなふうに、強制的に規則正しい生活を送っていた。

「風花さん、起きてください、朝ですよ」

唇と唇が触れ合うだけの軽いキスを一回。そのあとは頬や首にはたくさんキスされて、その柔らかい唇の感触で目覚める。

体を起こすと一緒に洗面所に行き並んで歯磨きを終え、顔を洗ってスキンケアをしたところで、さっきの続きのキスがやってくる。

「ん、ぅ……」

歯を磨いたから、今度は遠慮がなくなった。ミントのフレーバーを感じながら、お互いの舌を絡ませる。そんなことをしていたら、前夜のことを思い出してしまう。

毎日飽きもせず風花の体を求めて、濃厚な白濁を注ぎ込んでくる。常に同じ熱量で欲しがる傑のことを素直にすごいなと感心していた。

(傑さんって……エッチが好きなのかな……?)

だから風花の提案した理不尽な妊活話にも乗ってくれたのかもしれない、と勝手に推測している。言葉にしたら、傑が暗黒の表情を浮かべるかもしれないので言えないが。

とにかく今は、この甘い口づけを止めなければならない。

「傑さん、時間が……」

「分かっています。でも――」

そう言ってぐっと抱き締められて押し付けられるのは、彼の興奮した逞《たくま》しいあの場所。

数時間前に出したはずなのに、どうしてそんなに元気なのだろうと不思議でたまらない。

「もう、傑さん！　朝からはダメです」

「我慢しますから……少しだけ」

この深いキスが朝から興奮する原因になっている気がして、よくないのではないかと思うのに、傑は止めようとしない。朝食を取らないといけないギリギリの時間まで、寝起きの風花のキスを楽しむ。

（どれだけするつもりなの……？）

一見、爽《さわ》やかで好青年な容姿なのに、このケダモノ感は何なのだろう。

とはいえ、風花はそんな傑のことを嫌いじゃない。むしろ――好きというか。

情熱的に求められることに女性としての幸せを感じている。飽きずに毎日だなんて、今まで経験したことがなかった。

もうこのまま全部許してもいいか――と制止することを諦めそうになった頃、傑はようやく唇を離した。

「朝から盛《さか》ってすみません。朝食にしましょうか」

「……はい」

やっと解放されたと思うものの、やはり離れると寂しい。キッチンのほうへ向かっていく傑の背中を目で追いながら、唇をそっと撫でた。

(そんなに激しくするから、その気になってしまった……かも)

散々煽《あお》っておいて放置するなんて酷い、と彼の背中を恨めしく睨《にら》む。

キッチンに立って料理を始める傑だが、あのスーツの下にギラついた欲望を隠しているのを風花は知っている。まだ熱が冷めていないはずなのに、何事もなかったかのように平然として見えた。

ちなみに、傑のマンションということもあり、彼が主に家事をしている。朝食を作るのも傑だし、夕食の準備もそうだ。

一度風花がやると提案したことがあったが、「今度の休みの日にお願いします」と返され、結局平日は全て彼が支度をしている。

(甘やかされすぎていて、ダメ人間になっちゃいそう)

テーブルの上に並ぶのは、白米、味噌汁、納豆、のり、焼き魚、ほうれん草のおひたし。これぞ日本の朝食！　と言わんばかりの完璧なラインナップだ。しかもお皿はおしゃれな和食器でセンスがいい。

「美味《おい》しそう……」

「買ってきたものを並べているだけですよ」

「いやいやいや……めちゃくちゃありがたいです」

フルタイムで働いている人なのだから、全部手作りなんて申し訳ない。出来合いのもので十分だし、そもそも毎日用意してもらえるだけで感謝の気持ちでいっぱいだ。

しかも抜群に美味《おい》しい。

「いただきまーす」

向かい合って朝食を取ったら、傑が出社する時間に一緒に家を出る。風花は自分のマンションに戻って仕事をして、彼の帰ってくる時間ぐらいにまたこの家にやってくる——それが傑と同居してからのルーティーンだ。

前まで仕事に追われていたはずなのに、この規則正しい生活を送るようになってから、集中力が高まってスムーズに作業できている。

今まで在宅ワークメインだったので、ダラダラと四六時中仕事をしながら家のことをしたりしていた。それを時間を決めて動くようになったおかげで、効率よく集中して仕事に取り掛かれるようになったのだろう。

外出していることで頭もスッキリするし、アイディアも生まれやすい。仕事とプライベートの切り離しが上手にできている。

何から何まで傑のおかげだ。

「傑さんって、いい人だな……」

知れば知るほど、悪いところが見当たらない。我儘《わがまま》に付き合わせているのは申し訳ないくらいで、自分にはもったいない人だと思う。

（傑さんって……彼女いなかったのかな？）

お見合いに来るぐらいだから、女性関係を清算してから臨《のぞ》んでいるとは思うが――こんなに素敵な人に恋人がいないなんて不思議だ。

きっと職場でもモテるだろうし、奈央のように「格好いい！」と食いつく女性は山のようにいるはず。

エッチのときだって、手慣れている様子だった。優しくてスマートで、手順も完璧。ずっとご無沙汰だった風花の体を見事にほぐして、最後まで致したのだから経験豊富なのだろう。

そう考えると、なぜか胸がモヤッとした気がした。

「何、このモヤモヤは」

今まで経験したことのないような、変なモヤつきに「ん？」と疑問を抱く。

（何が引っかかってるんだろう。別に傑さんが経験豊富でもいいじゃない。ある程度の年齢なんだし、当たり前のこと。でも……）

前の彼女はどんな人だったのだろう？　年下？　同い年？　それとも年上？

可愛い系か美人系か、清楚系か派手系か。どういう女性が好きで、どういう女性に色気を感じて欲情するのか。風花は傑のことを全然知らない。

そんなふうに考えたことがなかった。というか、考えないようにしていた。傑の傍にいても、「これから」があるわけではないと思って、興味を持たないようにしていた。

それなのに、今は気にしている。

（私たち、近づきすぎたのかな……）

一夜限りの関係とか、体だけの関係の男女とか、恋愛しないと決めていても好きになることがあると聞いたことがある。それと同じで、一線を越えてしまったから余計に相手を意識しているのかもしれない。

「でも、だめだ。これは危険」

傑のことを考えていた頭を冷やすため、冷蔵庫からペットボトルに入ったお茶を取り出し、ごくごくと飲む。

変なことを考えないように、仕事に集中しようと再び机に向かい、デザイン案に目を通し始めた。


翌朝、いつも通りの朝を過ごしながらパンを食べようとテーブルの準備をしていると、ふたり分のコーヒーを持った傑が話しかけてきた。

「風花さん、今週末何か予定がありますか？」

「予定……ですか？　特にはないですけど」

「仕事も落ち着いています？」

「そうですね、今のところ」

　この前締め切りが終わり、今はスウィートセジュールからの返事待ちの状態だ。このあと修正依頼がきて、そこからもう一度直す作業があるけれど、今は急ぎの仕事はなく比較的落ち着いている。

「じゃあ、週末、付き合ってほしいところがあるんです」

「付き合ってほしいところ、ですか？」

　妊活をしているので、おのずと一緒にいる時間が増えていたものの、こうして改めて誘われるとどこへ行くのだろうと身構える。

　だが、傑からも「婚約者のふりをしてほしい」とお願いされているので、外せない用事がない限り彼からの要求を受け入れる必要があった。

「そんなに警戒しないでください。気軽に行けるところですから」

「は、はい……」

（気軽にって……どこだろう？）

　友人たちと会うとか、彼の両親と食事するとか？　それとも、会社の人に挨拶《あいさつ》だったりして。

あれこれ考えるけれど、詳細は当日に話しますとだけ言われて、この話は終了してしまった。

（ああ、もう。気になる……！）


――そして迎えた週末。

「さ、風花さん、行きましょう」

「はい……！」

結局、本当に当日までどこに行くのか内緒のままだった。

カジュアルな格好でお願いしますと言われたので、パーカーとデニムにスニーカーというラフな格好をしているけれど、本当にこれで大丈夫なのだろうか。

だから、支度を終えた傑が風花と同じようにデニムパンツを穿《は》いているのを見て、ほっとした。とはいえ、傑のほうは彼自身からにじみ出る上品さと清潔感で、格好よさに磨きがかかっているのだけど。

（スーツ姿もいいけど、カジュアルな傑さんは、親しみやすさが増してそれはそれで……っ）

いつもと違う雰囲気にドキドキしながら、風花は車の助手席に乗り込む。

やがて到着したのは、東京から離れた場所にある観光牧場だった。広大な敷地に牛や馬、羊などたくさんの動物が飼われていて触れ合い体験ができる場所だ。

〝にじいろハッピーファーム〟と書かれた看板が掲げられたダークブラウンの木のゲートを見上げて、風花は喜びの声を上げた。

「ここって、動物たちと遊べるところですよね⁉」

「はい。牛の乳搾り体験ができるし、うさぎ村もあります。それから乗馬もできるんですよ。久しぶりに乗馬したくありませんか？」

「はい！　すごくやりたいです！　楽しみ」

中学から高校までずっと乗馬をやっていたこともあり、一通り乗ることができる。しばらく乗っていないから上手にできるか分からないが、馬と触れ合えるだけで心が躍る。

（だからカジュアルな格好がいいって言われたのか、納得……！）

「喜んでもらえてよかった。風花さん、こういうのが好きかなと思って」

傑から手渡されたパンフレットを見ていると、興味を引かれることばかり書いてある。動物と遊べるだけじゃなく、アーチェリーや釣りもできるとのこと。アーチェリーや釣りは今まで体験したことがないから、ぜひやってみたい。

「好きです！　って、来たことなかったんですけど、このパンフレットを見ているだけでワクワクします」

まずはどれからしよう？　と心を弾ませながら選び始める。

「絶対にやりたいのは、乗馬と牛の乳搾りですね。それから餌あげ体験も！」

「いいですね。じゃあ時間の決まっている乳搾りから行きましょうか」

開園してから一時間後に始まる牛の乳搾り。その時刻に間に合うよう、ふたりで牛舎に向かう。それまでの道のりはアスファルトで舗装されているが、牛舎に近づくにつれ綺麗に植えられた草や花がたくさん見える。風花の隣を歩く傑は大きく深呼吸してから話し出した。

「自然がいっぱいで癒《いや》されます。気持ちいいですね」

「そうですね」

「あ、あれが牛舎ですね。牛の乳搾りをしたあと、この牧場で作られた牛乳を使ってアイスを作れるみたいですよ。やります？」

「やります！　やりたい！」

傑の提案に前のめりで返事をする風花を見て、彼は嬉しそうに微笑む。そして風花の手を握って歩き出した。

（傑さん、手……っ）

男性の大きな手に掴《つか》まれた自分の手を凝視する。何の躊躇《ためら》いもなく手を繋《つな》いでくる傑の態度にドキドキしながら、彼の横顔を盗み見る。

（こんなふうに手を繋《つな》いで歩いていたら、恋人みたい……だよね。傑さんは、周りにそう思われても平気なのかな……？）

こんな場所に知り合いがいるとは思わないが、傑は風花と一緒に歩いていることを隠そうとしない。むしろ堂々としているように見える。

コソコソされるよりはいいが、こういうことに慣れていない風花には恥ずかしさが勝ってしまう。けど、この手を振り解《ほど》くこともしたくなくて、手を繋《つな》いだまま歩き続けた。

しばらく歩いていると牛舎が見えてきた。乳搾りをしたいと待っている人たちの列に並び、自分たちの順番を待つ。

「傑さんは乳搾りをしたことってありますか？」

「ないです。こんな至近距離で牛を見るのも初めてです」

「そうなんですか。じゃあなおさら楽しみですね」

自分たちの番が来るまで会話しながら待っている間も、弾む心を抑えきれず笑顔が零《こぼ》れる。ひとりではしゃぎすぎだと引かれていないだろうかと心配になるけれど、隣にいる傑も楽しそうにしているのを見てほっとする。

「次、僕たちの番ですよ」

「はい！」

前の家族連れの子どもたちが離れたのを見送ったあと、係員に案内されて風花と傑は牛の傍へと近づいた。

暴れないようにしっかりと固定されている牛に対して申し訳ないと思いながら、そっと体を撫でてみる。温かな体としっとりとした毛の感触。本物の牛に触れるのは初めてだが、落ち着くような体温が愛おしい。

「可愛いです……！」

「確かに、想像していた以上に可愛いですね」

次はふたりでしゃがんで、足元にある乳に手を伸ばした。親指と人さし指で乳頭の付け根を押さえて、乳が逆流しないようにしながら、中指、薬指、小指と上から順番に指をとじるといいのだと、係員がアドバイスしてくれた。

「わ……柔らかい」

「本当だ。気持ちいいかも」

言われた通りに搾ってみると、乳が勢いよく出てきた。それをバケツで受け止める。

「わー、すごい！　いっぱい出てくる！」

動物のおっぱいを搾るなんて、貴重な経験だと思う。新鮮な気持ちと、可愛いと感動する気持ちを味わいながら、動物の生命の尊《とうと》さを知るいい経験ができた。

「あー、楽しかった。それに牛がめちゃくちゃ可愛かったです。もっと怖いかと思っていたけど、近くで見ても平気でしたね。ずっと傍にいたくなるくらいでした」

「風花さんは動物が好きなんですね」

「そうなんです。昔乗馬を習っていたときも、いつも可愛がっていた馬がいたんですけど、その子を溺愛していました。だから今日は乗馬できるって聞いて、すごく楽しみなんです」

「ええ、そうでしたね。僕も楽しみです」

風花が乗馬クラブに通っていた頃、フィガロという牡馬《ぼば》を可愛がっていた。フィガロは元競走馬のサラブレッドで、鹿色のボディに黒の長いたてがみを揺らして走る姿は惚れ惚れするほど格好よかった。額《ひたい》の白いところと、きりっとした瞳が印象的で、クラブの中で一番人気の馬だった。

当時はそのフィガロに夢中で、恋人のように溺愛していた。

今は亡くなってしまってもう会えないのだけど。

「さ、行きましょう」

「はい！」

（よかった、喜んでいるのが私だけじゃなくて。子どもっぽいと思われて引かれたらどうしようと思ったけど、そんなことないみたい）

風花と一緒に喜んでくれる傑の姿を見て、同じ熱量で楽しめることに嬉しくなる。

牛の乳搾りのあとは、アイス作り体験をし、乗馬をするべく移動したのだが、途中で動物に餌をあげられるコーナーがあることを知り、色鮮やかな鳥のいる小屋に入った。

「すみません、餌やりをさせてもらっていいですか？」

「はい、もちろんです。こちらをどうぞ」

傑が従業員に声をかけると、餌を載せた平らな小さな皿を渡された。それを手に取ると一気に鳥が集まってくる。

「きゃあ……っ、いっぱい来た！」

「本当だ、すごい勢い――はは……っ、大丈夫ですか？」

数羽の鳥たちが殺到して囲まれる。笑いながらその様子を見ている傑に皿を渡すと、今度は彼の周りにたくさんの鳥が集まった。

「わ、これ……結構激しいな」

「でしょ？　鳥って力強いんですね」

バサバサッと羽音を立てながら、餌を一生懸命食べる鳥たちと触れ合ったあとは、ヤギのいる場所に到着した。そこでも餌をあげて、もぐもぐと一生懸命食べる姿を見て楽しむ。

「餌やり体験、楽しいですね。どんどんあげたくなっちゃう」

「確かに。直接あげていると可愛く思えてきます」

「そうそう」

うさぎ小屋に行って抱っこさせてもらったり、寝ているレッサーパンダに癒《いや》されたりしたあと、乗馬体験できる場所へ到着した。

「ここですよ」

「わー、早く乗りたいな」

本来であれば、乗馬初心者にはスタッフからのレクチャーがあるが、風花も傑も経験者だと伝えると、すぐに体験させてもらえることになった。乗用馬に乗り、ふたりで並んで歩いてみる。

「乗れた……！　久しぶりに乗るんですけど、案外体が覚えているものですね」

「僕も久しぶりです。だんだん思い出してきました」

さすが経験者なだけあって、傑も馬の扱い方がうまい。少しずつ速度を上げていっても、傑も同じ速度でついてくる。

「傑さんって、どこの乗馬クラブだったんですか？」

「……スリーズライディングクラブです」

「え……っ」

（私と一緒の乗馬クラブだ！）

風花が長年通っていた乗馬クラブと同じ名前を言われて驚く。まさか同じところで習っていたとは思わなかった。

「同じです、私もスリーズライディングクラブでした。ええ……っ、すごい偶然！」

「そうですね。もしかしたら、会っていたかもしれませんね」

「本当ですね！」

風花は一緒の場所で同じ稽古《けいこ》をしていたことに興奮する。共通の話題があるのはやはり嬉しい。

コーチの名前や練習内容を聞いてみると、風花が習っていたのと同じ内容が返ってきた。

「ああ、そのときに友達になれていたらよかったですね。そうしたら、長い付き合いだったのに」

「……そうですね」

含みのある傑の返事に、乗馬であまりよくない思い出があったのだろうかと考える。だけど、触れられたくないことかもしれないので、気にしないふりをして乗馬を続けた。経験者同士の乗馬は気を使わずに動けて、思う存分楽しむことができた。相手が未経験の人だったらここまで楽しめなかっただろう。傑とだからこそだと思う。

「今日はすごく楽しかったです。ここに連れてきてくれて、ありがとうございました」

「楽しんでもらえてよかった」

男性とこんなふうにデートするのも、すごく久しぶりだった。食わず嫌いになって、男性とふたりきりで会うことをしてこなかったが、こんなに楽しいなんて。今まで閉ざしていた心が晴れた気がした。

しかし体を動かすのが久しぶりだったせいか、帰りの車の中で体がだるくなってしまった。

「どうしたんですか、急に大人しくなったような気がしますが……もしかして眠いですか？　気にせず寝てもいいですよ」

「いえ……そういうわけではないんですけど」

眠いというよりは、ほんのりお腹が痛いような……頭が重いような気がする。はしゃぎすぎて、疲れてしまったのだろうか。

「無理をしないでください。ほら、気にせず横になって」

「でも……」

「いいから」

顔色のよくない風花に気づいた傑は、信号待ちのときに風花の座席を倒して寝させた。

「着いたら起こします」

「……すみません」

せっかく一緒に出かけて楽しい時間を過ごせたのに、帰りに疲労で寝てしまうなんてと情けなくなる。しかし、いつもと違う感覚に嫌な予感がしていた。

便座から立つと、人感センサーに反応して勝手に流れていく水流。それを見ながら、風花は深いため息をついた。

「はあ……」

何となく腰もだるかったし、お腹も痛かったので、そろそろ来る予感はしていた。でも傑とともに毎晩頑張ったのだから、もしかしたら？　という期待もあった。だけど今、月のものが来てしまった。

「やっぱりそんなに簡単にはできないよね」

妊活を始めて二回目の生理だ。

ふう、ともう一度ため息をついてトイレの扉を開けると、目の前に傑がいた。

「わっ……」

「驚かせてすみません。声が聞こえたので呼ばれているのかと」

「違います、独り言です。すみません」

傑と一緒にマンションに帰ってきたのが夜の七時。これから夕食にしようかと話していたところで、風花がトイレに立った。

しばらくトイレから出て来ないので、傑は心配して様子を見に来たようだった。

「どうしたんですか？　生理が来ました？」

「えっ……何で分かったんですか？」

「正解ですか」

ふっと顔を緩《ゆる》ませて傑が笑う。なぜ分かったのだろうと不思議に思っていると、傑は風花の手を取ってリビングのソファへ連れていく。

「座ってください」

「……はい」

傑の家のソファは座り心地がよすぎる。背もたれが大きくて体にフィットするから、座ると何もしたくなくなるほどだ。そのソファに並んで座ると、傑からぬくぬくのひざ掛けを太ももにかけられた。

「お腹……痛くないですか？」

「そうですね。ちょっとだけ」

もともと風花は生理痛が重いほうではない。人並みに痛みはあるが、動けなくなったりはしない。傑は風花の体調を気にして、温めるようにひざ掛けをかけてくれたのだろう。

「無理をしないでください。家のことは僕がやるので、ゆっくりしていてください」

そう言って、傑は風花の体を抱き締めた。いつもの彼の爽《さわ》やかな香りに包まれて、ほっと安心する。

「そんなに気を使わなくても大丈夫ですよ。私、生理が重いほうじゃないので」

「いいえ。痛みだけじゃなく、イライラしたり悲しくなったり感情の起伏もあると聞きます。こういうときは、元気なほうが家のことをすればいいんですよ」

そう言って離してもらえない。無理に引き剥《は》がすほど嫌なわけじゃないので、そのまま抱き締められたままいるが……それはそれで心臓に悪い。

（どう考えてもドキドキしちゃうようなシチュエーションなんだよね……）

すぐ傍に傑の首筋があって、肌のぬくもりを感じる距離に彼がいて、ドキドキしないほうがおかしい。それだけならまだしも――

「今回は残念でしたね。また次頑張りましょう」

なんてことを言い出すから、この生理が終わったあと、またあの情熱的な夜を過ごすのかと想像して意識してしまう。

もしかしたら妊娠しているかもしれないと期待していたぶん、生理が来て落ち込むものの、こうして傑と一緒にいる時間がもう少し続くという安堵感もある。

（何で、ちょっとだけほっとしているんだろう）

妊娠しなかったことを傑はどう思っているのか気になって、思い切って聞いてみることにした。

「また今月も生理が来ましたね……。なかなかできないものなんですね」

すぐに妊娠できるように毎晩抱いていたのになぜ、と疎ましく思われるだろうか。それとも、まだできていないことにほっとしている？

どういう返事が来るか、緊張しながら待つ。

「そうですね。でも一緒に目標に向かって頑張るのもいいじゃないですか。道のりが長ければ、それに比例して喜びも大きくなるでしょうし」

「そう……ですね」

「焦らず赤ちゃんを待ちましょう」

慰《なぐさ》めの言葉をくれる傑に感謝すると同時に、彼の優しさを感じた。ふたりの時間が伸びたことを前向きに捉《とら》えている言葉に救われる。

（私と一緒にいて、嫌じゃないんだ……）

傑と一緒に過ごすようになってから、ふたりでいることに慣れつつある。至れり尽くせりな生活を当たり前だとは思わないように心がけてはいるつもりだが、今がすごく居心地がいい。

「さて。晩ご飯は何が食べたいですか？　風花さんの好きなものを作りますよ」

「私も一緒に作ります」

「いいえ、今日は僕がやります。さ、食べたいものを言って」

傑が作るものなら何でもいいと口にしそうになったところで、ストップする。結婚している友人が、旦那に何を食べたいか聞いたら「何でもいい」と言われるのが一番困ると愚痴っていたことを思い出す。

具体的に何がいいか言ってほしいとのことだったので、きっとここは食べたいものを伝えたほうがいいだろう。

「じゃあ……パスタがいいです」

「風花さんは、何味が好きなんですか？」

「クリーム系が好き……かな」

「分かりました。じゃあ、そうしましょう」

キッチンへ向かう傑を見送って、手際よく料理をする姿に見惚れる。さっきまで一緒に外に出かけていたから疲れているはずなのに、そんな素振りひとつ見せずに風花の体を心配してくれる。

（傑さんって、どこまで素敵なんだろう）

これが彼の婚約者である特権なのだろうか。彼と結婚をすると普通に決めていたら、こんなふうに優しくしてもらえるのがデフォルトになっていたのだろうか。

（いやいやいや……私にはもったいない）

傑と結婚して新婚生活を送っているところを想像しそうになるけれど、彼は親からのお見合いを避けるために婚約者のふりをしてほしいと言っていたのだ。

（傑さんもそんな気はないんだから、勘違いしてはダメだ）

そんなことを考えているうちに、風花のリクエストしたクリームパスタが出来上がった。きのこと鮭のクリームパスタは絶品で、まるでお店で食べるような美味《おい》しさだった。

そのあとも風花のためにお風呂を沸かして、入浴剤を入れて体を温めるように準備してくれたし、眠る前は少しジンジャーの香りをプラスしたデカフェ紅茶を用意するという周到ぶり。

「傑さん、ありがとうございます」

「気にしないでください。僕が好きでやっているので」

この気遣いを好きでやっているなんて、一体どういうことだ。これが傑の通常運転なのか。モテ要素が詰まりすぎていて渋滞を起こしている。

そしてベッドの中でも。

傑のほうに背を向けて寝ていたはずが、朝に目を覚ますと背後から抱き締められていた。冷えないように包んでくれていたのだろう。温かくて気持ちよくて、寝過ごしてしまうくらいだった。

（傑さん……末恐ろしい人だ……）

5

――数日後。

「……で、最近どうなの？」

「奈央ちゃん、近いな」

新しいブランドの改案デザインを送ったあと、スウィートセジュールの本社で今後の展開を話し合うためのミーティングが開かれた。

そのあとミーティングルームに残ってふたりで話をしていると、急に奈央がプライベートな質問を投げてきたのだ。

「どうって？　何が……？」

「何がじゃないでしょう。あのイケメン婚約者に決まっているじゃない。何で結婚しないの？　アレは絶対に結婚するでしょ。なのに、妊活だけって……正直、私には信じられない案件」

「そう……？」

「そうだよ。絶対に私なら結婚する。あんな素敵な旦那様が家にいるなんて、キュンキュンしすぎて死ねる」

「奈央ちゃん、暴走してるね……」

確かに、毎日キュンキュンして死にそうになっているところはある。

朝、寝起きの力の抜けたところも格好いいし、出社の準備をして皺《しわ》ひとつないフルオーダーのスーツに身を包んだところも素敵だし、帰ってきたときの「ただいま」の破壊力と、スーツを脱いで部屋着になったときでさえ漂《ただよ》う上品さもすさまじい。

お風呂あがりに上半身裸でキッチンへ向かって冷蔵庫を開けるワイルドな感じもいいし、パジャマを着て「おやすみ」と言って頭を撫でてくるところも魅力的だ。

どのシーンを切り取っても、ドキドキが詰まっている。

その上、生理期間以外は毎日……営《いとな》むわけで。

常に同じ熱量で求められて、たくさんキスをされて、体を繋《つな》げてたくさん注がれる。

最近では、避妊しないことに慣れてきてしまった。

「風花ちゃんが妊娠して、ふたりが別れたあとでもいいから、紹介してほしいレベルの男性だよ」

「またまた……」

奈央は冗談で言っているのだと理解しているが、胸がチクッと痛む。

「それくらい、素敵な人ってことだよ。そう思っている人は絶対に山ほどいる」

「そう……だよね」

奈央に言われて、そのことを再認識してしまった。

本命になれなくてもいいから傍に置いてほしいと望む女性はいるだろう。

「……ま、期間限定の仲だからいいのかも」

きっと本気になったら、心配でたまらないかもしれない。昔みたいに浮気をされて悲しい思いをするかもしれない。

（あんな思い、もうしたくないし……）

そんな過去のことを思い出して、心の中に影が広がる。

元カレに恋をしたとき、一緒にいる時間が楽しくて、友達関係だと少し物足りなくて。親しくなって心を許して、どんどん好きになっていく中で告白されて。この人と一緒にいたら幸せになれると信じて疑わなかった。

そんな好きな人に突然前触れもなく裏切られたことを思い出して、ゾクッと背筋が凍る。

どんなに信用していても、人の気持ちはいつか変わるもの。それを知ってから、相手に全てを委《ゆだ》ねることが怖くなった。

だから、傑と一緒にいて気持ちが舞い上がると同時に、絶対に本気になってはいけないとブレーキをかけている。

どれだけ優しくされても、期間限定だからそうしてもらえているだけだと自分に言い聞かせているのだ。

（でも……）

最近の傑は優しすぎる。生理で体がだるい自分を労《いたわ》ってくれたし、いつもエッチなことをしてくるのに、生理中はそんなことなかった。

遠い昔の記憶を辿《たど》ってみても、元カレにそんなふうに優しくされた経験はない。その期間中は会わないようにしていたし、気遣ってもらうこともなかった。

「ねえ、奈央ちゃん。つかぬことを聞くけど……生理中のときって、男の人はどんな感じ？　いつもより優しくなる？」

「うーん、生理中？　そうだな……色んなパターンの人がいたけど、生理でも構わずエッチしようとしてくる奴もいたし、こっちが生理痛でイライラしているのに、そんなこと構わずに家事をしてほしいと言ってくる我儘《わがまま》放題の奴とかいたね。こっちはそれどころじゃないっつーの」

生理になると食欲が止まらなくなる奈央に「よく食うよな」とデリカシーのない発言をする人もいたし、生理痛で横になる奈央を見て「たかが生理だろ」と言う人もいたとか。

「男にはあの大変さは分からないのよ。ほんっと、気の利かない人ばっかり。だから別れて、今フリーなんだけど！」

「なるほどね……」

やはりそうだよな、と風花も頷く。

傑の場合、ただひたすら優しくて、こんなに過保護にしてもらっていいものかと心配になってしまうが。

（こんなのが普通だと思っちゃいけないよね。傑さんは特別。なかなかあそこまで気が回る男性はいないはず）

恋愛経験の少ない風花でも何となく分かる。

（やっぱり傑さんは、育ちのいい人なんだ。昔からそういう教育をされていて、レディーファーストが身についている。女性を大切にするのが当たり前な人なんだろうな）

そう考えていると、奈央は「あ」と何かを思い出したような声を上げた。

「そうだ。いいものあげる、ちょっと待ってて」

そう言って、バタバタと慌ただしくミーティングルームを出て行った。一体何を思い出したのかと不思議に思いながら待っていると、またすぐに足音が聞こえてきた。

「よいしょっと」

「……大丈夫？　一緒に運ぶよ」

ミーティングルームの扉を開いた奈央は、大きな段ボールを抱えて戻ってきた。急いで駆け寄って一緒に段ボールを持ち、テーブルまで運ぶ。

「これ、風花ちゃんにあげる！」

段ボールの中に入っていたのは、スウィートセジュールのグラマラスラインというブランドのセクシー系の下着だった。Tバックやら透けたベビードールやら、お色気満載のガードル。いつも風花が選ばないようなダークカラーの下着ばかりで、見ているだけで照れてしまう。

「これは、どういう……」

「妊活しているって聞いたから、これをプレゼントしようと思ってサンプル品を残しておいたの。マンネリ解消にオススメだよ！」

「いやいやいや……奈央ちゃん……これはさすがに……」

複数ある下着を見てみると、大事な部分があいているものがあったが、これは着用したまま行為をするためなのだろう。これを着て傑の前に立つことを想像しただけで、顔から火を噴いてしまいそうになる。

「なんで？　これ、うちの人気の商品なんだよ」

「そうなの？」

「そうだよ。案外、男性ってこういうの好きだと思うよ。私の経験上だけど」

「そうなんだ……」

そうは言うものの、今まで一度も色っぽい下着をつけたことのない風花にしてみると刺激が強すぎる。いくら妊活する仲とはいえ、これを着て見せる勇気はない。

人気商品というくらいだから、世間の女性たちはこの色っぽい下着をつけてパートナーを誘惑しているということだ。皆、なかなか積極的だと感心する。

「ま、風花ちゃんたちはこんなものをつけなくても熱々か……。まだ一緒にいる時間が短いし、マンネリとは無縁だもんね。でもいざってときはぜひ使ってね。燃えるから」

「あ、ありがとう……」

（これをつけると、燃えるんだ……。男性は、やっぱりセクシーランジェリーが好きなの？　傑さんは、そうでもないって言っていたけど……）

いつも通りのスポーティな下着が彼の好みのようなのだが、どっちがいいのか分からない。

もしそういう機会があれば……と奈央に返事をするものの、自分にはその機会はないだろうなと考えていた。

はずなのだが――

三日後。

「はぁ……」

真っ暗な寝室の中、なかなか眠れず風花はひとりでため息をついた。

いつもなら一緒に眠っているはずの傑が隣にいない。今日は帰ってきてから、少し様子が違った。

普段は帰ってきたら、すぐに抱き寄せてキスをしてくる。撫で回すように体を触ってくるし、食事の間もダイニングテーブルの下で脚を絡めてくる。テレビを見ているときは、ソファで腰に手を回してくるし、太ももを撫でてくる。

そしてお風呂に一緒に入ったうえ、髪を拭いて乾かしてくれるのに、今日は全部別々だった。

その上寝るときも、時間をずらされてしまった。

（私、何かしちゃったかな……）

機嫌が悪いのだろうか。それとも悩みごと？　ひとりの時間が欲しかったとか。

それともついに堪忍袋の緒が切れて、何もしないぐうたら女だと愛想を尽かされてしまったのだろうか。それとも、この契約妊活に嫌気がさした……？

（もしかして、好きな人ができた……とか）

一緒にいなかった時間に、気になる女性に出会ったとか。恋人ができて「そんな女とは早く縁を切って」と頼まれたのかもしれない。

「はあ……」

もう一度深いため息が漏れる。寝返りを打って、体勢を変えても眠気がこない。

ベッドサイドにあるスマホのディスプレイを見て時間を確認すると、夜の十一時を回ったところだった。

（いつもなら、エッチしてる時間なのに……）

入浴が終わってベッドに上がったら、おしゃべりをしながら一枚ずつ服を脱がしていく。寝る前で何枚も着ていないふたりだから、すぐに裸になる。

そして部屋の灯《あか》りを落として、キスが始まる。ねっとりとした口づけを交わしながら、潤《うるお》い出すお互いの興奮した場所を触って高まっていく。

初めてのときは恥ずかしくてたまらなかったのに、最近は傑の屹立《きつりつ》を触ることに抵抗がなくなった。

むしろ硬くなって興奮しているところが可愛くて、手で撫でるとピクンと反応するのを見るのが好きだ。やがて傑から熱い吐息が漏れて、風花の首筋にキスがやってくる。

リップ音を立てながら何度も肌に吸い付き、気持ちいいと伝えてくるのだ。

（その仕草が好きで、もっとしたくなって、それから……）

そっと下から上になぞると、先端に蜜が溢《あふ》れていることに気づく。

それが嬉しくて、風花も傑のほうに顔を向けると甘いキスをくれる。それからは息をつく暇もないくらい激しい口づけをして、唾液が零《こぼ》れることも気にせず愛し合う。

お互いの気持ちいい場所に触れて気持ちよくなって、ひとつに溶け合って——そんな夜を過ごしていたのに。

(今日は、しないんだ……)

前夜のことを思い出すと、お腹の奥が切なくなる。太ももを摺《す》り寄《よ》せて、湧き上がってくる熱をどうにか逃がす。

いつからこんなふうになってしまったのだろう。傑と肌を重ね合うことが当たり前になって、ないと寂しいだなんて。

(でもこんなふうに思っているのは、きっと私だけ)

傑はしなくても平気なのだと自分に言い聞かせ、きゅっと目を瞑《つぶ》る。

寝よう。そうしたら、こんな気持ちも忘れる。

何も考えずに眠ってしまおうと思うのに、数分経ってもやっぱり寝ることができない。悶々《もんもん》としたままではどうしようもないと、風花は勢いよく体を起こした。

リビングで起きているはずの傑のことが気になって仕方ない。

(もしかして……あれを使うときかもしれない)

自分には必要ないと思っていた例のものを使おうと決意し、立ち上がってスウィートセジュールの紙袋に手を伸ばす。

奈央からもらったセクシー系の黒のベビードール。胸のあたりが透けていて、着ても肌を隠せそうにない代物だ。段ボールに山盛り用意してくれていたけれど、もらってきたのはこの一着だけで、これならつけられそうだと選んだものだ。

「絶対に着ないと思っていたけど」

これをつけて見せたら、欲情してくれるかもしれない。いつもと違う風花を見て興奮してくれるかもしれないと思い、勇気を出してつけてみることにした。

「ああ……っ、恥ずかしい」

姿見に映った自分の姿を見て照れてしまう。でもこんなときでもないと着る機会などなかっただろう。奈央にせっかくもらったのだから、使わないと申し訳ないし、と自分に言い聞かせる。

ほんのりと化粧をして、ベビードールに似合うようにしてみる。少しでも可愛さをアップして、傑を誘惑する作戦だ。

（よし……っ！）

その上にいつものナイトウェアを着て、寝室を出た。

扉の隙間から光の漏れているリビングの前に来て、小さく息を吐く。

こんな姿を見せたら、本当に嫌われるかもしれない。さっき考えていたみたいに、風花に飽きたから抱かないという可能性だってある。

断られて傷つくかもしれないと分かっているのに、気持ちを止められない。

(傑さんが欲しい)

そんな思いを胸に抱き、扉のノブに手をかけた。

「風花さん……？」

「傑さん、まだ寝ないんですか？」

すでに寝ていると思っていた風花が現れて、傑は驚いているようだった。テレビもついていない静かなリビングで何をしていたのだろう。

「もうすぐ寝ようと思っていましたが、風花さんは？」

そう聞かれて、何と言っていいか分からず戸惑う。とりあえず何も答えず、ソファに座る傑の目の前まで歩み寄った。

「傑さんがいないと……眠れません」

「え？」

勢いで言ってしまった。俯《うつむ》いて弱々しい声で呟《つぶや》いたのだが、傑に届いただろうか。

彼の反応を知るのが怖くて、顔を直視できない。

「風花さんは、僕がいないと眠れないんですか？」

「……はい」

「どうして？」

（嫌がっていない……？）

そう感じる穏やかな声に顔を上げると、傑の手が風花の腕を掴《つか》んで体を引き寄せた。

「寂しかったから。傑さん……今日、何だか冷たい気がして」

素直に打ち明けたものの、彼からの返事はこない。膝の上に乗せられてぎゅっと抱き締められるが、何も言ってもらえなくて不安になる。

すると傑は困ったような声で呟《つぶや》く。

「そんなつもりは……なかったんですが」

「今日は私に触れなかったですよね。どうしてですか？」

不安で押しつぶされそうな心をぶつけて、彼の本心を探る。

「私のこと、飽きましたか……？　妊活に付き合うのが嫌になったとか」

「そんなことありませんよ」

「じゃあ何でですか？　教えてください」

そう言った瞬間、傑の顔つきが変わった。穏やかで優しい表情から、余裕のない男の顔つきになる。

「必死で我慢しているのに……こっちの気も知らないで」

「え？」

「最近奥さんが妊娠したという友人に、毎日しすぎるとよくないって忠告されたんですよ。だから今日は止めておこうと思ったんです」

「……あっ」

傑の硬くなった下半身が布を押し上げている。それを風花の股間にぐりっと押し付けられて、お腹の奥が熱く震える。

「風花さんが心配するようなことはありませんよ」

名前を呼ばれて、全身がゾクゾクする。甘い声色で囁《ささや》かれると、それだけで反応して感じてしまった。

(よかった、私のこと、飽きたわけじゃなかったんだ……)

それを聞けて、心底ほっとしている。勇気を出して彼に聞いてよかった。

「傑さん、見てほしいものがあるんですけど、いいですか?」

「何ですか?」

少し体を起こした風花は、着ているもこもこのパーカーのジップを下ろして服を脱いだ。彼から注がれる視線が恥ずかしくてたまらなかったけれど、迷いはない。これを見てほしくてここに来たのだから。

「これは……」

「奈央ちゃんにもらった下着です。傑さんは、こういうの好きじゃないかも、ですけど……」

黒のシースルーのベビードールの下は、お揃いの色の紐ショーツ。アマリリスのデザインで可愛さの中にセクシーさもあって、ショーツの後ろも透けている。

「僕に抱かれたくて誘いに来たんですか？」

「……はい。誘惑しに来ました」

素直にそう打ち明けると、破顔した傑が風花を引き寄せた。

「可愛すぎます。そんなことをしたら、どうなるか分かっているんですか……？」

「分かってます。……してもらいに来たんですから」

ぎゅっと強く抱き締められて、首筋に顔を寄せられる。少しでも喜んでもらえたらいいなと思ってつけたけれど、気に入ってもらえたようだ。嬉しいと思ってくれていることが伝わってくる。

「風花さん、よく見せてください」

ベビードール姿の風花を見つめながら、傑は薄い布の上を指でそっとなぞっていく。

「変じゃないですか？」

「変なわけないでしょう。すごく可愛いですよ」

透けている胸を撫でられると、ビクンと体が揺れた。布を押し上げる胸の先を見つけられて、そこを何度も擦《こす》られる。

「……んっ、ぁ……」

「こんなに可愛い子に誘惑されるなんて、僕は幸せ者ですね。さあ、何をしてもらいましょうか？」

誘惑しに来たなんて言ったものの、このあとどうしたらいいか分からない。彼の体はすでに反応している状態だけど、どうやったら喜んでもらえるのだろう。

「あの、何をしてほしいですか？」

「……っ、そんなことを聞きますか？」

（聞いちゃまずかった？）

聞かずに察するべきことだったのかと心配する。

「そんなことを男に聞いたら、大変なことを望まれますよ」

「そう……なんですか？」

「そうです。悪いことをさせたくなる」

それってどういうことなのだろう。具体的に何か分からず、風花が目をぱちくりさせていると、傑が頭を撫でた。

「それは追々に。まずは僕の服を脱がせてください」

「は、はい」

言われた通りに傑の着ている服の裾を持って脱がせていく。いつもの逞《たくま》しい体が現れて、それを見るだけで欲情してしまう。

（早く……触れたい）

さっきまで欲しいと望んでいたものが目の前にある。傑の体に触れたくて、抱き締められたくて悶々《もんもん》としていたことを思い出しながら彼の肌に触れた。

「触っていいですか？」

「いいですよ。……好きなだけどうぞ」

こうして自分の好きなように触ってみたかった。鎖骨から胸のあたりまで撫でて、筋肉のある体を堪能する。吸い付くような滑らかな肌の上を指でなぞって、いつも自分がされているみたいに胸の先に触れた。

「……っ」

触った瞬間、傑から声が漏れて、感じていることに気づく。

（もっとしたい……かも）

指先でくすぐるだけでは飽き足らず、そこに顔を寄せて舐めてみる。小さな尖《とが》りを舌で刺激し、傑から反応があると嬉しい。風花にしているとき、傑はいつもこんな気持ちなのかと思うと楽しくなって、つい執拗《しつよう》になる。

「こら、風花さん……。もう、そろそろ……」

「ん……まだ……」

音を立てながら、そこを舐め続けていると、彼の手が風花の下半身に向かっていった。

ショーツの横にある紐を解《ほど》いたと思ったら、ぐぷっと指が奥まで挿《さ》し込《こ》まれる。傑の胸を舐めて興奮して潤《うるお》っていたそこは、すぐに全部を呑み込んだ。ビクビクと腰を揺らして中の指を締め付ける。

「ああ……風花さんのここはエッチですね。舐めて興奮してしまったんですか？」

「んん……っ、ぁ……」

指を動かされるたびに激しい音が鳴る。それでも彼への愛撫を止めたくなくて、風花も舐め続ける。

「……っ、ここに、入れてほしかったんですか？」

「あ……ァ、ぁっ……！」

涙が零《こぼ》れるほど気持ちいい。おかしくなるほど、そこを揺さぶってほしかった。そう望んでいたことを知っていたかのように、傑の指が中を蹂躙《じゅうりん》していく。

「入れたいなら、入れていいですよ。その代わり、風花さんが自分で動いてください」

指を引き抜き、傑はソファに座る。そして下着を押し上げる滾《たぎ》った屹立《きつりつ》を差し出した。

風花と同じように我慢していたそこは、はちきれそうなほど硬化して、中に入れてもらえるのを待っている。風花のことを熱く見つめる傑が色っぽい。

どうするか悩んだのも束の間、風花は傑の上に跨《また》がって彼のものを蜜口にあてた。彼を受け入れたいという欲望が勝ったのだった。

「そんなに急に入れて大丈夫ですか？」

「……ん、ぁ……」

割れ目を広げて剛直が入りやすいように腰を落としていく。充分に濡れた場所とはいえ、急な挿入で中が広げられていく感覚に眩暈《めまい》がした。

「……っ、せま」

「ああ……っ、傑さん……」

ふたりの肌がぴったりとくっついた。根本まで呑み込むと、火花が散ったように目の前がチカチカする。愛撫をほとんどしていないのに、彼自身を入れただけで簡単に中が馴染んだ。

ずっとこのままでいたいと思うほどの気持ちよさを感じながら、彼に抱き着く。

（飽きられていなくてよかった……）

後先を考えずに単刀直入に聞いてしまったが、結果的にはよかった。きっと傑は妊活をよりよいものにするために、頻度を控えようとしていたのだろう。

風花を避けていたわけではないことが嬉しかった反動で、こんなに積極的に動いてしまうなんて。

恥ずかしい体勢をしているのに、それでもいいから欲しいと願った。傑を引き留められるのなら、何でもしたいと思う。

「本当に……君は、罪な人」

「あっ、あぁ……！」

「ほら、動いてください。これが欲しかったんでしょう？」

そう言って、傑は下から一突きした。

こんな体勢は初めてで、うまくできるか分からないが、本能に任せて腰をグラインドしてみる。上下に揺さぶってみると、繋《つな》がった場所から蜜の混ざる音がしてきた。

「……ん、ぁ……っ、あぁ……」

体が燃えて、なくなってしまいそう――

お腹の奥に感じる傑の存在が嬉しくて、気持ちよくておかしくなってしまいそう。

少し前まで知らなかった快感に支配されて、彼の上で腰を振る。

（恥ずかしい……けど、気持ちいい）

貪欲に快楽を求める動きを止められない。風花が動くたびに、傑から甘い吐息が漏れる。もっと感じてほしいと思い、しばらく慣れない腰つきで動いていると、ふと傑の視線に気づいた。

「や……見ないで」

「どうして？　一生懸命動いている風花さん、可愛いですよ」

「や……あぁっ」

見ないでと顔を背《そむ》けると、頬に手を添えて逃がさないように口づけられた。キスが終わったあとは、大きな手で髪をかき上げられて頭を撫でられる。

(その手つき……ずるい)

愛おしい恋人にするような甘い仕草。愛されていると勘違いさせるような気のある素振り。傑のセックスは、そういう優しさに溢《あふ》れているから好きなのだ。

だからこんなにも欲しくなるし、したくなる。

「もう、ダメ……これ以上、動けない……」

これ以上腰を動かしたら、溺れて抜け出せなくなる。彼に淫《みだ》らになる姿を見られて、嫌われたくない。

「まだ終わりにさせませんよ」

それなのに傑は逃がさないように腰に手を回し、下から突き上げ始めた。尻を掴《つか》んで広げ、奥へ奥へと押し上げてくる。

「あ、あぁ……っ、あん！」

「そんなにすぐ終わりませんよ。欲しかったもの、嫌ってほどあげます」

女性がリードするセックスなんて、恥ずかしいと思っていた。そういう体位があることは知っていたものの、自分には縁のないものだからと考えもしなかった。

それなのに、今は夢中になって腰を振り、目の前の男性に抱き着いている。ソファが汚れてしまうことも気にせずに、無我夢中でお互いを欲しがる。

(私……もう、本当に後戻りできない、かも)

傑を貪《むさぼ》りながら、そんなことを考える。

肌を重ねるたびに、彼の心地よさを知った。ただの妊活だと思っていたこの行為に、こんなにも魅了されて夢中になってしまった。

肉体の快楽だけではなくて、心まで満たされていくような気がして……

それが特別な感情なのかどうか、今は何も考えられないけど。

ただ傑のことが欲しい。

そして自分と同じくらい、欲しがってほしいと思っている。

「そろそろ……限界、です」

「……ぁ、ああ……っ、ん……」

がつがつと突き上げられて、もう目の前にいる存在のことしか考えられない。必死で口づけながら、繋《つな》がった場所を揺らした。

「傑さん……っ、来て。あぁ……あんっ!」

「出しますよ」

「うん……」

(欲しい、傑さんの全部――)

今までで一番、彼を欲しいと望んだ瞬間だった。

6

――傑を誘った夜から数日後。

自分のマンションで仕事をしていると、スマホに母から着信があった。仕事に集中していたためすぐに気がつかず、すでに一時間ほど経過している。

何事だろうと折り返し電話をかけてみると、母が慌てた様子で話し始めた。

『風花、大変なの。お父さんが体調を崩して、検査入院をすることになって』

「ええ……っ」

『今、病院にいるから、風花も来てくれないかしら？』

「わ、分かった」

父がそんなことになっているなど、全然知らなかった。常に明るく元気な父からは想像がつかず、もしかして重篤な状態なのではないかと不安が過《よぎ》る。

急いで支度して入院先の大学病院へ急いだ。病棟に着くと、父の入院している病室へ向かう。

「お父さん、大丈夫⁉」

「ああ、風花。来てくれたのか」

ベッドの上に座っている父は、病衣に身を包み、腕には点滴をしていた。いつもより顔色が優《すぐ》れないような気がする。

「大げさなんだよ。ちょっと検査の結果がよくなかっただけで、こんなふうになっちゃって」

「お父さん……働きすぎなんだよ。もう」

「違うわよ、お酒の飲みすぎ。お医者様から止めるように言われているのに、止めないからこんなことになったの」

母の言う通り、父は酒豪で、毎日夜になるとたくさんお酒を飲む。晩酌のために仕事を頑張っているといっても過言ではないくらい、酒が好きなのだ。

少し前から肝臓の数値が悪いので、酒を控えるように言われていたらしい。それでも変わらず同じ量を飲んでいたせいで具合が悪くなり、精密検査をしなければならなくなった。

「とにかく、ちゃんと大人しく検査してもらってよ。心配したんだから」

「ありがとう。でもなぁ……呑気《のんき》に入院している場合じゃないんだ」

「どういうこと？」

父曰《いわ》く、グルメ雑誌とタウン情報誌から店へ取材の申し込みが来ているらしく、それに応じないといけない状況なのだとか。永寿桔梗堂にはたくさんの職人がいるものの、父の代わりに会社の代表として対応できる者がいない。

マスコミや雑誌の対応は、社長である父がいつもやっていた。

「人気の俳優さんがうちの和菓子を好きだってテレビで紹介したものだから、商品が飛ぶように売れていてね。職人は作業に追われているし、販売担当の従業員も余裕がないほど忙しい。父さんの代わりに誰か取材に応じてくれたらいいんだけど……適任者がいなくてね」

「お母さんもそういうのはダメなのよ。取材に答えられるほどのスキルがないわ」

母の申し訳なさそうな言葉に、父も肩を落とす。

風花も自分が代わりに……と考えてみるが、家業を全く手伝っていなかったため、うまく対応できる自信がない。

「……そうなると私も無理だわ。永寿桔梗堂のこと、全然分かっていないから」

「全然ってことはないだろう。家業なんだから」

「でも、お菓子のこととか、永寿桔梗堂の歴史とか話せないもん」

上《う》っ面《わつら》な話しかできないし、いくら家族だからとはいえこんな若輩者が出てきたら、取材担当者が不安に思うに違いない。

「……そうだ！　傑くんはどうかな？」

「ええっ⁉」

「そうだわ、傑さんなら、お仕事柄うちの商品にも詳しいわよね。何より、こういった取材に慣れているんじゃないのかしら」

突然の父の提案に、風花は慌てて口を挟んだ。

「待って。傑さんだって忙しいんだよ。そんなこと頼めないよ」

「だけど、他に対応できる人間が誰もいないんだ。頼んで断られたら、それはそれで諦めがつく」

「でも……！」

ただでさえ妊活に協力してもらっていて迷惑をかけているのに、これ以上負担を増やせない。止めるように言うが、父は他に方法がないからと傑に電話をかけてしまった。

「こら、お父さん……！」

「もしもし、傑くん？　風花の父です」

（父です、じゃないよ。傑さん、今仕事中なのに……っ！）

経緯を説明したところ、電話の向こうの傑は快諾してくれたらしい。嬉しそうに微笑む父を見て、もう止められないと頭を抱える。

「傑くん、いいって。優しいなあ」

「そんなの断れるわけがないでしょ。もう！」

「いい人が婚約者でよかったわ。今度きちんとお礼をしないとね」

強引な父の計らいで傑に実家の取材に対応してもらうことになってしまった。借りが増えていくばかりの状態に申し訳なくなる。

夕方になり、傑のマンションに帰宅すると、すでに彼は帰ってきていた。

「傑さん……っ」

玄関で彼の靴を見つけて、急いで部屋の中へ入る。今日のことを謝罪しようと一目散に彼のもとへ向かった。

「おかえりなさい」

「今日は仕事中にごめんなさい。大丈夫でした？」

「大丈夫ですよ。仕事が早く終われたので、帰りにお義父《とう》さんの様子を見てきました。風花さんと入れ違いだったみたいですね」

まさかもうお見舞いに行ってくれているとは思わなかった。

「深刻な状態じゃなくてよかったです。でも検査入院とはいえ、心配ですね」

「まぁ……でも、これでしばらく禁酒できるからよかったのかもしれません。お父さん、本当にお酒大好きだから」

「はは、そうですか。とにかく早く退院できるといいですね。その間の仕事は僕に任せてください」

傑はお見舞いのあと、永寿桔梗堂に寄り職人に挨拶《あいさつ》を済ませて、取材を受ける商品の資料をもらってきたのだとか。仕事への準備に抜かりがない。

「幸いなことに、この雑誌の編集者とは顔見知りなんです。うちの百貨店の商品の紹介もしているので、やりやすいと思います。だから大丈夫です」

うまくやってみせると言ってくれる傑に頼もしさを感じる。

「ありがとうございます」

「僕にできることなら、何でも協力しますよ。何せ、婚約者ですから」

「う……っ」

（その意味深な笑顔止めて……っ）

満面の笑みを浮かべるその顔が怖い。形だけの婚約者なのに、ここまで負担をかけてしまうことに一層申し訳なさを感じる。

肩を落とす風花に気がついた傑は、彼女に近づいて力強く抱き寄せる。

「お義父《とう》さんのこと、心配でたまりませんよね。でもきっと大丈夫ですよ」

「それもですけど……傑さんを巻き込んで申し訳ないなと思って」

「そっちですか」

元気のない風花を見て、傑は父のことで落ち込んでいると思ったらしい。

傑は風花の頭を優しく撫でて言う。

「その件で気にしているのなら……風花さん自身で返してもらえればいいですよ」

「私自身……？」

「はい。たっぷり僕に可愛がられてくれたら、それでチャラにします」

毎日行われている夜の営《いとな》みを思い出して、沸騰したみたいに顔が熱くなる。

（今でも充分可愛がられていると思うのに……それ以上ってこと？　それは、それで……）

もっと熱烈になるのかと思うと心臓が持たない。

「僕はそんなことで満足なんです。単純な男でしょう？」

「もう、傑さん……！」

きっとこれは風花を元気づけるための冗談なのだ。

気にしないようにこうやって笑わせてくれているのだと解釈したが、このあとベッドの上で「冗談ではなかった」と思い知ることになった。

それから二週間後。

取材の日取りが決まり、風花も同席させてもらうことになった。傑ひとりに全部を押し付けるわけにはいかない、念のため身内が同行したほうがいいと考えてのことだ。とはいえ、風花には何もできないのだが。

「風花さん、緊張しています？」

「ぜっ……全然。そんなことないですよ」

いつもラフな格好で過ごしているが、今日は取材を受ける側ということもあり、風花もスーツで臨《のぞ》むことにした。傑はいつも通りのスーツでビシッと決まっていて格好いい。マンションのエレベーターの中にある鏡に並んで映ると、一緒の会社で働いているふたりに見えなくもない。

「風花さんのスーツ姿、なかなか新鮮でいいですね」

「そうですか？　久しぶりに着たから、これで大丈夫か心配です」

「大丈夫ですよ、綺麗に着こなしています」

黒のベーシックなスーツの下は、薄手の白のニットを合わせた。少し高いヒールを合わせて、できる女をイメージしてみたのだが、傑に褒めてもらえて嬉しくなる。

「永寿桔梗堂に取材の方が来られるのが十時です。きっと一時間ほどで終わると思うので、終わったら風花さんのマンションまでお送りしますね」

「でも、傑さんはお仕事大丈夫なんですか？」

「はい、大丈夫です。会社にも話してありますし、うちも永寿桔梗堂にはお世話になっているので、ぜひ力になって来いと背中を押されました」

「そうなんですね、ありがとうございます」

風花の家業である永寿桔梗堂について、傑と話し合うなんて変な感じだ。本当に身内になったような気がして少し照れくさい。

タクシーに乗って永寿桔梗堂へ向かっている途中、後部座席で隣同士に座っていると、傑がスーツの内ポケットに手を入れてスマホを取り出した。

スマホの画面を確認したあと、すぐにスーツに戻すが振動音は鳴り止まない。

何気なく彼のほうを向くと、傑の見ている画面には「涼香《りょうか》」と女性の名前が表示されているのが横から見えた。

（女の人の名前だ……）

彼にも女性の友人や知り合いがいてもおかしくない。下の名前だけで登録されていることに一瞬動揺したけれど、それも別に気にするところではない。身内や友人ならよくあることだ。

「いいんですか、電話」

「大丈夫です、大した用事ではないと思うので」

そうは言うものの、静かな車内でずっと振動音が鳴り続く。切れたと思ったら、もう一度着信しているようだった。それが何度か続いたので、風花は再度傑に声をかけることにした。

「私のことは気にせず、電話に出てください」

「しかし……」

「本当に大丈夫ですから。相手の方、連絡が取れなくて困っていらっしゃるのかもしれないし」

「――では、失礼します」

傑は仕方ないといった様子で、もう一度スマホを取り出し、受話ボタンを押した。

「もしもし」

いつもの傑の声より一段低い。しつこく電話を鳴らされて不機嫌になっているのだろうか。

「ああ、そうだよ。今、忙しい」

相手は誰だろう？　身内か、友人か。敬語でないということは、かなり親しい人物なのだろう。しかし聞き耳を立ててはいけないと、窓の外の景色を見てやり過ごす。

「悪いけど、時間がないから。その件は兄に聞いてくれ」

傑はため息をつきながら、相手に対して素っ気ない態度を取り続ける。早く切りたいと思っているのが言葉の端々から伝わってくる。

「もういいか。忙しいから切るよ」

『傑、冷たい～っ！』

相手が大きな声を出したのか、スピーカーから女性の声が漏れてきて思わず目を見開いた。

（傑って呼んだ……？）

それが分かった瞬間、驚きで固まった。しかも、傑のことを呼び捨てにしているのを聞いて、親しい間柄の女性だと察する。若い女性の可愛らしい声が耳に残ってなかなか消えてくれない。

相手は『冷たい』『まだ切らない』とわめいているようだったけれど、傑はそれをたしなめて強制的に電話を終了させた。

「失礼しました。知人の女性でした」

「いえ……」

その知人とは、どういう知人なのだろう。どんな人なんですか？　と聞くこともできず、車内に気まずい空気が流れる。

（私たちは恋人同士でもないし、詮索できるような関係じゃないもんね……）

気になるけれど、聞けないまま永寿桔梗堂に到着した。店の近くで下車し、歩いて店舗まで向かうと、いつも通り営業をしている様子が見えた。

（よかった、問題なさそう）

父がいなくて人手不足で大変だと聞いていたが、何とか回っているようで安心した。店の中に足を踏み入れると、販売員の年配女性が風花の顔を見て、ぱあっと顔を明るくした。

「風花お嬢様、お久しぶりです」

「八木《やぎ》さん、お久しぶりです。お元気ですか？」

「はい、もちろん。風花お嬢様、すっかり大人の女性になられて……私がよく覚えているのは、まだおぼこい高校生でしたのに」

永寿桔梗堂に長年勤める八木という女性は、五十代半ば。風花が子どもの頃からずっと販売員として働いている、永寿桔梗堂を支える大事な従業員だ。

「こちらは……」

「存じ上げておりますよ。貫地谷様ですよね、風花お嬢様の婚約者の」

「え……っ。八木さん、知っているんですか？」

「もちろん。旦那様がいらっしゃらない間、私たちのことを気にかけて、仕事のお手伝いをしてくださっているんですよ。ご自身のお仕事を早く切り上げて、こちらの業務をしてくださって……本当に感謝しています」

（そうだったの？　知らなかった……）

確かに最近、いつもより帰りが一時間ほど遅いと思っていたが、まさか永寿桔梗堂に立ち寄って仕事をしてくれていたとは。

「傑さん、そうだったんですか？」

「大したことはしていませんよ。本当に」

「いえいえ、とても助かっているんですよ。ありがたいです」

八木が言うには、傑は閉店作業や仕込みの手伝い、掃除などをやっていたらしい。皆の負担が少しでも減らせるようにと、自主的に参加していたと知って驚く。

「……ごめんなさい。本来なら私がやるべきことなのに」

「風花さんは、風花さんにしかできない仕事があるじゃないですか。デザインはその人のセンスによる仕事なので代わりがいませんが、僕の場合は代わりが利く仕事なので大丈夫ですよ」

「でも……」

「大丈夫、平気です。とはいえ、本当に大したことはできていません。いるだけの存在でしたし」

「またそんなご謙遜《けんそん》を。風花お嬢様、素敵な人とご結婚されるんですね。おめでとうございます」

八木は深々と頭を下げて、ふたりの結婚を祝福する。

（傑さんが、まさかここまでしてくれているとは……何も言ってくれないから知らな

かった）

ひけらかすことなく、さり気なく父を助けようとしてくれていた事実に胸を打たれる。仮の婚約者のためにここまでしてくれる懐《ふところ》の深さに頭が上がらない。

「傑さん、本当にありがとうございます」

「風花さんのご実家は、僕の実家も同然です。家族なんだから困っているときに助け合うのは当然ですよ」

そういうことをさらっと言える傑が素敵だと思う。この人と一緒にいれば大丈夫だという安心感がある。

従業員たちからの信頼ももうすでに得られているようで、あれこれ質問されていて驚いた。毎日顔を出していたことによって成し得たものだろう。

そうこうしているうちに、取材の時間が近づいていることに気づく。

「では、応接室に行きましょう」

「はい……っ！」

応接室で傑と最終打ち合わせをしていると、来客があったと従業員に声をかけられた。

「失礼します」

扉がノックされて従業員と共に入ってきたのは、スーツ姿の中年の男性だった。傑の顔を見るなり、その男性は嬉しそうに微笑む。

「貫地谷さん、ご無沙汰しています」

「お世話になっております。まさかこういうかたちでまたお会いするとは、世間は狭いですよね」

「ええ。でも貫地谷さんが取材のお相手でラッキーです。永寿桔梗堂さんは、伝統のある格式高い和菓子屋さんですから、いつも以上に緊張していたんですよ。だから、よく知る貫地谷さんが対応してくれると知って安心しました。リラックスしてたくさん質問できそうです」

「お手柔らかにお願いしますね」

「はい」

傑に挨拶《あいさつ》をしたあと、男性は風花のほうに向き直り、名刺を差し出して改めて挨拶《あいさつ》をする。

「今日はよろしくお願いいたします。永寿桔梗堂さんにこんなに美しいお嬢様がいらっしゃったとは。未来の旦那様には大変お世話になっております。今後ともどうぞよろしくお願いします」

「こちらこそよろしくお願いします」

（旦那様って、傑さんのことだよね。なんだかドキドキしてきた……！）

世間的にはふたりは婚約者。妊活がうまくいったら別れるつもりでいるが、周りはそんなことを知らないし、このまま結婚すると思われている。未来の妻として挨拶《あいさつ》をされて当然だ。

「それにしても、華月屋の御子息と永寿桔梗堂の御令嬢の結婚ですか。すごくおめでたい話です。両家ともますます発展しそうですね」

「は、はは……そうです、ね……」

風花たちの結婚を心から喜び称えてくれる男性に恐縮していると、傑は上手に話を逸らして仕事モードに切り替えてくれた。

「では、さっそくなんですが、今回お話をいただいた件について、ざっと弊社のお菓子についての概要をまとめた資料を作っておきました。参考にしていただければと思いまして」

傑は応接スペースにあるソファに座り、ノートパソコンを開く。そして目の前にいる男性宛てにすぐに資料を送信した。

「ご丁寧にありがとうございます。すごく助かります……！」

人気の和菓子の写真と商品の詳細を事前にまとめておいたらしい。

「こちらの資料から写真を使用してもらえればと思います。足りないものがありましたら、適宜おっしゃってください」

「ありがとうございます」

雑誌に掲載してもらっても構わない写真をいくつかと、お菓子の詳細や基本的な和菓子の話などが記載されている。相手側の手間を少しでも省《はぶ》けるようにするためと、誤った情報を勝手に使用されないようにするためのようだ。

（これ……いつ作ったんだろう。他の仕事をやりながら、こんなものを作ってくれたなんて……）

こうして当日の仕事がスムーズにいくように、準備をしているなんてすごい。

さらに相手が質問してくることに対して的確に答えている様子を見て、改めて感心する。

「今人気の商品は、やはりこちらですか？」

人気俳優がテレビで紹介したことで話題になった商品の話になる。雑誌に取り上げられるのは、この商品がメインなこともあり、風花は商品を男性の前に差し出す。

「えっと……」

（も、もしかして……私が説明するべき？）

そう戸惑っていると、傑がすかさず商品の説明を始める。

「そうなんです。この生菓子は新米を使用しているので米の旨味《うまみ》を感じることができます。そして中からとろりと出てくるのは、厳選した醤油《しょうゆ》を使用したみたらしだれです。口の中に入れたときの上品な甘さと、もっちりとした食感を楽しんでもらいたいです」

「わぁ、本当に美味《おい》しそうです」

「ぜひ、召し上がってください」

口に入れた瞬間、男性の顔がふわりと綻《ほころ》ぶ。目を閉じて味わい、ゆっくりと鼻から息を漏らした。

「ああ……美味《おい》しい。美味《おい》しい以外の言葉が出てきません……。うっとりとしてしまいますね」

「ですよね、僕も大好きな商品です。あと、こちらのお茶もどうぞ」

「ありがとうございます」

差し出された緑茶を飲み、男性はすっかりリラックスしたようで、頬を緩《ゆる》ませていた。

「見た目も味も最高です」

「こちらは、店内で召し上がっていただくことができます。奥にお食事のできる場所をご用意しているんですが、ここでしかお出ししていない商品も多数あるんですよ」

「なるほど。それも必ず書かないといけませんね！」

新作の紹介と、さらっと店の宣伝もする傑のトーク力に驚く。いつもこんなふうに仕事をしているのだろう彼は、やはりとても優秀な人なのだ。

数々の質問に答えながら、商品や店について的確に伝えた傑のおかげで、今後も定期的に雑誌で商品の紹介をさせてほしいと言われた。

入院中の父に報告するとすごく喜んで、ますます傑のことを気に入った様子だった。

そして風花も。

今回の一連のことで、家族同然に父のことを心配してくれた傑を頼もしく思ったし、時間を割いて永寿桔梗堂の勉強をしてくれたことが嬉しかった。

義理の家族のためにここまでやってくれるなんて思わなかった。ましてや、本当に結婚する相手でもないのに。

（傑さん……やっぱり素敵な人だな）

彼のことを考えると胸が熱くなる。いつも自然な優しさで風花を包んでくれる。

新しい一面を知るたびに、言葉では表現できないような温かい感情が自分の中に流れてくるような気がして。

（これは、困った……）

変化していく気持ちに戸惑いながら、その感情は胸に秘めることにした。

7

あれからいろいろと考えていた。

風花にとって、傑の存在が大きくなってきている。

結婚はしないと宣言して、子どもだけ欲しいと望んだ自分のことを寛容に受け入れてくれた人。最初はなんていい人なのだろうと甘えていたが、彼を意識するようになった今、その本心を知らないまま過ごしていることに違和感を覚え始めた。

（そういえば私たち、お互いにどういうふうに考えているのか話し合ったことがなかった）

妊娠が発覚したら、そこで関係を終わらせることになっている。子どもを認知してもらうこともなく、養育費ももらわない。

この先父親が傑であることは子どもに伝えないし、父親としての責任は一切負わなくていい。

そんな条件で協力をしてもらっているのだが、彼自身はどう思っているのだろう。

傑からは、風花とのお見合いを受けたのは、数あるお見合いを断るためだと聞いている。早く身を固めてほしいと望む両親を安心させるため、一緒にいてほしいと。

確かに彼が望む通り婚約者として一緒にいるし、その務めを果たせているとは思うものの……本当にこんなものの見返りに子作りに協力してくれているのだろうか。

こんなハイリスクなことを望むような風花を、迷惑と思っていないだろうか。

（めちゃくちゃ今更だけど……嫌われてはいないよね……？　嫌いだったらエッチしな

いもんね。でも、好きって思われているわけでもないだろうし……）

「はあ……」

でもこの話をして、傑の本当の気持ちを知ったら、立ち直れないほど傷ついてしまうのではないかと臆病になる。

とはいえ、それで悲しむなんて都合がよすぎる。自分は散々傑に酷いことを望んできたのに、相手も同じだったらショックを受けるなんて。

でももう逃げられないくらいのところに来ている。

キスをしていると、胸が苦しいほど切ない。肌に触れられると、もっとしてほしいと熱くなる。

体を重ね合うたびに、幸せを感じてしまう。

このぬくもりを離したくないと思うようになってしまった。このままでは、決意したことが揺らいでしまうかもしれない。

「しっかりしろ、私」

彼に何を求めているのだろう。

好かれたい？　好かれていると思いたい？

自問自答を繰り返しながら、でも、目の前にいる傑には聞けず、ただ抱かれるだけ。

覚悟と勇気が欲しい。それにはもう少しだけ時間が必要だと感じていた。

新商品が出来上がってきたと連絡が入ったのは、風が冷たくなり本格的に寒くなりだした頃だった。スウィートセジュールのスタジオで新商品の撮影をするとのことで、デザイナーである風花も招集された。風花がデザインしていたティーン向けのナイトウェアや下着が完成したのだ。

その写真を撮ってカタログやウェブページに掲載し、商品を購入できるようにする。そしてそれ以外にも、広告として売り場に貼り出すポスターになる。

撮影現場に参加するのは、これで五回目。今回から新しいモデルが来るということで、奈央たちの気合の入りようがいつもと違うことは、メールの内容からひしひしと伝わっていた。

どんな撮影現場になるのだろうと、風花も胸を弾ませてスタジオにやってきた。入館証明を首から下げ、スタッフに案内されてスタジオに入っていく。

「あ、柳さん。お疲れ様です！　こちらです」

「お疲れ様です」

奈央が風花に気づき、声をかけてくる。他の社員たちがいるので、奈央は風花のことを苗字で呼ぶ。スタイリング剤でいつもより髪をタイトにまとめている奈央は、耳に大きいピアスをつけていていつも以上に華やかだった。

服も女性らしいニットと花柄のスカートの上に黒の革ジャケットを合わせていて、甘辛ミックスな感じがおしゃれだ。足元のショートブーツのデザインもパンチがあって、コーディネートを引き立たせている。

風花も負けじと気合を入れて、黒地に大胆な原色カラーのデザインが入ったワンピースを着てきた。

「見てください、あのモデルさん。柳さんのランジェリーを着ていますよ」

「ほんとだ。近くで見てもいいですか？」

「もちろん」

奈央と一緒にモデルに近づいていく。風花のデザインした下着をつけている女性は、他のモデルよりも少しだけ小柄だ。

ティーンものの下着ということもあって、可愛らしさが出るよう髪をポニーテールにしている。

（さすがモデルさん……。すごくスタイルがいい）

すらっとした引き締まったボディに、きゅっと上がった小さなお尻。たゆまぬ努力をしているのだろうと思わせる美しいスタイルに目を奪われる。

少し小柄なところがとてもキュートで、若年層向けのブランドのイメージにぴったりだ。

いやらしさを感じさせない一流の着こなしに圧倒されながら、モデルの傍に寄ると、風花から声をかけた。

「お疲れ様です。この下着のデザインをした柳と申します。今日はよろしくお願いします」

「よろしくお願いします！」

はつらつとした可愛らしい声で挨拶《あいさつ》を返してくれる。自分のデザインした下着をこんなにも素敵に着こなしてくれる彼女に感謝して、「頑張ってください」と差し入れを渡した。

ふと隣のブースに目を向けると、別のモデルが撮影の準備をしているのが見えた。

「見てください、今回から撮影に参加してくれることになった槇野《まきの》涼香さんです」

「ええっ！　槇野涼香さん？」

槇野涼香といえば、海外で活躍している人気の日本人モデルだ。有名なショーに参加し、海外から賞賛の嵐だったとニュースで見た。その彼女がスウィートセジュールの新作を着ているなんて、なんてすごいことなのだろう。

槇野涼香が着ているのは、大人ブランドのセクシーなランジェリー。大人の魅力を最大に引き出すデザインになっていて、すらっと長い手脚を健康的で美しく見せている。

スタイルがいいのはもちろん、髪の毛の先までみずみずしくて、どこもかしこも艶《つや》がたっぷり。肌もキメが細かくてハリがあって触り心地がよさそうだ。

締まった体なのに、胸はふっくらとボリュームがあって、ため息が漏れるほど綺麗だった。

（さすがプロのモデルさん。近くで見たら、美しさが半端ないな）

涼香の美貌に圧倒されていると、撮影がスタートしたので邪魔にならないように壁際に寄る。様々なポージングをするたびに、色んな表情が見られて目が離せない。一流とはこういう人のことを言うのだと感心した。


撮影が無事に終了し、風花はスタジオを後にする。プロのモデルの仕事を見てアドレナリンが放出されている今日は、このまま自分のマンションに帰ってもう少しだけ仕事をしようかと考えていた。――が、後ろがやけに騒がしい気がして振り返る。

「待って、風花さん！　ねえ……っ」

バタバタと走って追いかけてくるのは、さっき撮影現場にいた槙野涼香だった。服を着替えたようで、大きめのパーカーにスキニーパンツを穿《は》いて、白いスニーカーというカジュアルな格好をしている。にもかかわらず、長い脚が映えるおしゃれ感がにじみ出ている。

それはいいとして、なぜ風花のことを呼んでいるのだろう？

きょとんと驚いて立ち止まると、涼香は息を切らして走り寄ってきた。

「はぁ……っ、間に合ってよかった」

「あの……？」

「急にごめんなさい。私、モデルをやっている槙野涼香と言います」

「存じ上げております！　私は柳風花です」

挨拶《あいさつ》をされて、風花は慌てて深々と頭を下げた。こんなスーパーモデルが目の前にいて、風花に名を名乗ってくれるなんて夢のようだ。

「なぜ私の名前を……？」

「あなたが傑のフィアンセだって聞いたから、挨拶《あいさつ》しておきたくて」

（え……？）

傑の名前が出てきたことにさらに驚く。傑はこんな美女と知り合いだったとは。

「私、傑とは古い付き合いなの。生まれたときから一緒っていうか。親同士が仲良くってね」

「そうなんですか……」

幼馴染《おさななじみ》がいたなんて、全然知らなかった。

（いや、待って。そういえば、この前……！）

雑誌の取材の日に、「涼香」という名前の女性から電話がかかってきていたことを思い出す。その相手がこの槙野涼香だったのだ。

近くで見ると彼女の綺麗さがよく分かる。くるんとカールしたまつ毛が印象的で、見つめられると、同性なのにドキドキしてくる。

「傑ってば、私と結婚の約束をしていたのに、ずっと海外で仕事をしていたから寂しかったのね。私への当てつけみたいにあなたと婚約しちゃって」

「え……？」

（それって……どういう……？）

「周りを巻き込んで私に嫉妬させようとサプライズしてくるから困ってるの。本当にごめんなさい。それを言いたくて追いかけてきちゃった」

涼香の言っていることを頭の中で整理する。

傑と涼香は、幼馴染《おさななじみ》で結婚の約束をしていた。しかし涼香と遠距離恋愛をしていたから、寂しかった。その涼香の気を引くためにお見合いをして風花と婚約した……？

すなわち、この婚約は「涼香の気を引くためのもの」だったということ。

「今までもそうなの。私の気を引くために他の女の子に手を出してみるんだけど、いつも長続きしない。だってそうよね、私のことが好きなんだもの。いつも私のもとへ戻ってくる」

傑が今まで付き合った女性は何人かいたが、毎回長続きはしなかったらしい。仕事に邁進《まいしん》している涼香の気を引くために浮気を繰り返していたのだと言われた。

「困ったダーリンなんだけど、私も私よね。好きだから許しちゃうのよ。だから、今回は相当怒っておいた。何も知らないあなたを巻き込んで失礼よって」

と、いうことは……

風花がお見合いを断り、「子どもだけ欲しい」と言ったのは、傑にとって好都合だったのだ。

本命の彼女が海外にいるから寂しい。性欲解消にはうってつけだし、婚約者のふりをしてもらえるから涼香に嫉妬してもらえる。

後腐れなく別れられることが前提なら、関係を結んでも支障がない。

(だから……私と一緒にいたんだ……)

なぜだろうと疑問に思っていたことが解明した。

本当のことを知って、頭がクラクラしてくる。自分のことなのに、どこか他人事のような不思議な感覚がして、ぼうっとしてしまう。

「驚かせて本当にごめんなさい。こんなことが二度と起きないように、今回はちゃんとけじめをつけるつもりよ。プロポーズの返事を待たせていたのがよくなかったのね……。だから日本に帰ってきたの」

「そう……ですか」

「勘違いしちゃったでしょ。傑、すごく嘘が上手だから。あ、エッチもだけど」

涼香の言葉が胸に突き刺さる。

こんなにうまい話が世の中にあるなんてあり得ない、何か裏があるんじゃないかと思いながらも、傑が純粋に風花の傍にいてくれているのではないかと心のどこかで期待していた。

でもそうじゃなかった。

お互いに都合がいいから利用し合っていただけだ。それなのに、風花だけ本気になってしまった。

「だからごめんなさい。傑を返してもらうね」

「……はい」

「そういうわけだから、じゃあね」

言いたいことを全て言い切ったのか、清々《すがすが》しい表情をした涼香は、踵《きびす》を返して去っていった。取り残された風花は、しばらくその場に立ち尽くす。

（傑さん……涼香さんにプロポーズしていたんだ……）

傑は昔から幼馴染《おさななじみ》の涼香が好きで、その彼女を自分のものにするために努力をしたのだろう。

そして付き合うことになったのに、彼女はモデルとして認められて海外へ。離れ離れになったことで傑は他の女性と遊び……寂しさを紛《まぎ》らわせていた。

いくら他の女性に手を出しても、涼香じゃないと満たされない。嫉妬してほしいという気持ちもあるが、なかなかそれも叶わない。

そんな彼の前に現れたのが「結婚はしないけど、子どもだけ欲しい」という風花。避妊もせず体の関係を結びたいと望む自分は、彼にとってこの上ない都合のいい女だったことだろう。

「そういうこと、か……」

永寿桔梗堂を継いでくれるんじゃないか、本当は風花のことを想ってくれているんじゃないかと、頭の中がお花畑だった自分が恥ずかしい。

結局、彼にとって自分は遊びの相手だったのだ。

「分かっていたはずなのに……」

勝手にいいように解釈して、もしかしたらと期待していた。そんなことあるはずなかったのに……

ポロポロと涙が頬に零《こぼ》れていく。道の真ん中で泣いているなんて見られたくなくて、急いで涙を拭《ぬぐ》って足早に歩き出す。

（知りたくなかった……）

傑と一緒にいるようになって、少しずつ変わってきた。もう恋愛などしたくないと思っていたのに、傑と恋人だったらと想像して心を躍らせるようになったり、このままふたりの生活が続けばいいのにと願ったり。

この先を望むようになってしまった。

自分の浅はかさが嫌いだ。因果応報だと噛み締めて、風花は泣きながら自分の家に帰った。


「はぁ……最悪だ」

いつもなら、夜の七時には傑のマンションに帰っていたものの、今日は八時を過ぎても自宅にいる。泣きながら帰ってきたせいで、目が腫《は》れていつにも増してブサイクな顔になっている。

鏡に映る自分の顔を見て、さらに落胆する。涙のせいでファンデーションもマスカラもアイシャドウも全部剥《は》がれてしまっていた。

「こんな顔を見せられない」

でもこのまま帰らなければ、きっと傑は心配してこのマンションまで迎えに来るはずだ。だからこのままここにいるわけにもいかない。

「だけど、今は会いたくない……」

涼香のことを思い出して、あんなパーフェクトな女性が傑の彼女であることに再びショックを受ける。太刀打ちなんてできない。入る隙などないお似合いのふたりだ。

彼女がいるならいると言ってほしかった。だったらこんなことを望まなかったのに……

浅はかな自分を恥じ、消えてなくなってしまいたくなる。

どうしても顔を合わせたくなくて、風花は傑にメッセージを送ることにした。

【今日はすごく疲れてしまったので、自分のマンションに帰ります。すみません】

今日は撮影があって忙しいのだと事前に伝えていたので、これで怪しまれないはず。

しばらくすると返信が来た。

【分かりました。その代わり戸締りをしっかりしてくださいね】

【ご心配ありがとうございます。もう寝ますね、おやすみなさい】

これ以上やり取りをしたくなくて、寝ると嘘をついてメッセージを終了した。

（おやすみなんて言ったけど、全然眠れない……）

このことについて話し合わないといけない。けれど、今はショックが大きすぎて、心の整理がついていないからダメだ。もう少し落ち着いてからじゃないと、きちんと話し合えないだろう。

そう考え、しばらく傑と会わないことにした。

彼のマンションに置いてある荷物を取りに行くのは昼の時間帯にして、顔を合わせないように徹底した。二日目からは父の様子を近くで見たいから、実家に帰ると伝えた。

退院してから体調は安定しているし、最近では店に出勤しているとも聞いているけれど、こうでも言わないと彼のマンションに帰らない理由がない。

実家に帰ると言われたら、さすがにそれ以上突っ込むことはできないだろう。

その理由を話すときも、自分の口から言わずメッセージで済ませてしまった。彼の声を聞いたら感情を剥《む》き出しにして泣いてしまいそうだったからだ。それなのに。

【今日も帰ってこないんですか？】

傑はいつになったら風花が帰ってくるのか？　と毎日聞いてくる。しかも電話も出ないものだから心配しているようだった。

【しばらくは実家で過ごそうと思っています。お父さんも心配ですし】

そう言うと、それ以上は追及されなくなる。それをいいことに、数日間自分のマンションで以前のように朝方まで起きて仕事をする生活を送っていた。

仕事に没頭していると余計なことを考えなくて済む。今までは抱えている仕事しかやっていなかったけれど、新しい服のデザインをしてみたり趣味の作品作りに集中したりしていた。

だが、ふとした瞬間、傑のことを思い出す。

一緒に過ごして楽しかった時間、初めての夜、この部屋で愛し合ったこと、外にデートに出かけたこと……。断片的に思い出しては、胸を大きく震わせた。

(考えちゃダメ。想いを加速させない。これ以上踏み込んだらいけない)

もう手遅れかもしれないけれど、必死でブレーキをかけ続ける。

そんなとき、マンションのインターホンが鳴ったので、いつものようにドアホンモニターをオンにして出た。

「はい」

『風花さん、いるんですか? 少しでもいいから会えませんか?』

(しまった、うっかり出てしまった……)

インターホンから聞こえてきたのは傑の声だった。彼の勤務中の時間だから、絶対に訪ねてこないと気を抜いていた。

出てしまった以上、いないとも言えず……。家に入れずに追い返すわけにもいかない。

「………はい」

オートロックの正面玄関の鍵を開錠する。

どうしよう、どうしようと胸が騒ぐ。逃げ回っていても問題の解決にはならないと分かっているものの、まだ話し合う決心ができていない。

でも、もうすぐ傑がここにやってくる。残されたわずかな時間であれこれ考える。今ここで顔を合わせてしまうと、うまく話せないかもしれない。もう少しひとりの時間が必要だと考え、扉のインターホンが鳴っても扉を開けないことにした。

扉の前のインターホンが鳴ってもそのままでいると、向こう側から声がしてきた。

「風花さん……？　開けてください」

「ごめんなさい。私、今……ちょっと風邪をひいていて、移してしまいそうなのでこのままでいいですか？」

苦し紛《まぎ》れの言い訳だけど、理由がこれしか思い浮かばず、咄嗟《とっさ》に扉越しに伝えた。

（お願い。これ以上追及してこないで）

きゅっと目を閉じて、何も言われないように祈り続ける。

「そうですか……。体は大丈夫なんですか？」

「はい、大丈夫です。あと数日すれば治ると思います」

傑の返事に少し間があったので怪しまれていそうだけれど、これを貫《つらぬ》き通すしかない。

「急に押しかけて申し訳ない。渡したいものがあったので来てしまいました。扉の傍に置いておきますね」

「は、はい」

「じゃあ、僕はこれで。くれぐれも無理はしないようにしてください。何かあったらすぐに連絡をください」

「分かりました。ありがとうございました」

会話が終わると、傑が家の前から離れていく足音が聞こえた。しばらくして扉を開いてみると、扉の傍に可愛いデザインの紙袋が置いてあった。

「ラグジュ・ボヌールのタルトだ……」

風花と傑が初めて出会ったお見合いの日、傑からラグジュ・ボヌールのタルトを食べませんか？　と誘われたことを思い出す。半年以上待たないと買えない、予約がいっぱいのケーキ店なのだ。

紙袋の中にある箱を開くと、艶々《つやつや》で輝くようなくだものがたくさん載ったタルトが入っていた。

「これ……」

ここのタルトは本当に手に入れるのが大変だと聞く。いくら華月屋に勤めていてラグジュ・ボヌールのツテがあっても難しいはずだ。それなのに、風花のためにと用意してくれたことに感動する。

最近傑からの連絡は返さないし、マンションにも帰っていない。そんな素っ気ない態度を取っている相手にここまでしてくれるなんて、と泣きそうになった。

せっかく風花のためにタルトを用意してくれて、父のことを心配して声をかけてくれたのに、追い返してしまうなんて。

（でも、追いかけてはダメだ。傑さんには、涼香さんがいるじゃない……）

傑と恋人だと言った彼女のことを思い出して、衝動的になる自分を必死で抑える。

（これで、よかったんだよね……）

少しずつ距離をあけて、時間を置いて、それからちゃんと話し合おう。つれない態度の風花を見て、すでに傑も察しているかもしれない。でもそれでいい。

もうこれ以上、深入りできない。

8

涼香と対峙《たいじ》してから、二週間が経過していた。

「はあ……」

会っていない間、傑のことを改めて考えてみた。昔から幼馴染《おさななじみ》の涼香のことが好きで、振り向いてくれない彼女の気を引くために、たくさんの女性に手を出していた――涼香の口からそう告げられた。彼女がわざわざ風花にそこまで言うのだから、真実なのだろう。

この事実を受け止めて、身を引かなければならないと分かっているのに、なかなか最後の行動に移せないでいる自分が嫌になる。

（ここに来て、まだ決意できないなんて……）

そんなことをぐるぐると考えていると、仕事が全く手につかなくなったので、ベッドの中に潜《もぐ》る。

「はあ……」

もし涼香の言っていた話が本当だったら、風花は完全にふたりの仲を邪魔する存在だ。好きな人を誘惑した女性を許せないと思う気持ちを、風花はよく知っている。遠い昔の恋愛で、嫌だと思っていた側の存在に自分がなっているかもしれないことに心が沈む。

（最低だ……）

知らなかったとはいえ、涼香を傷つけていたなんて。今の自分にできることといえば、すぐに姿を消すことくらいだろう。

壁にかかっているカレンダーを見て、傑と出会って半年が過ぎていることに気がつく。この半年間、とても楽しかった。お見合いで始まったふたりだったし、恋愛関係ではないはずなのに、会うたびにドキドキして、触れ合って愛し合った。

一緒にいる時間が心地よくて、もっと一緒にいたいと思うようになった。あのときめくような素敵な毎日を終わらせなければならないことが辛い。

「あれ……そういえば」

ふとカレンダーを見ていて、あることに気づく。

（……今月、まだ生理が来ていない）

もうとっくに終わっていてもいい頃なのに、まだだったことに思い至り、ベッドから体を起こした。

これはまさか、と思った風花は、急いで着替えて、家の近くのドラッグストアに向かった。

妊娠検査薬を買って家に戻ると、緊張しながらトイレに駆け込む。

（まさか、まさか……ね）

毎回ダメだったのだから、期待しないようにと心を落ち着かせた。

結果が出るまでの数分、大きくなる鼓動を感じながら、じっと検査薬を眺める。

「うそ……」

検査薬に出た陽性線。

なかなか信じられなくて、検査薬の説明書を何度も読み返す。

「妊娠……した」

妊娠するために、傑と一緒に頑張ってきた。でも自分が本当に妊娠するのだろうかと実感が湧かなかった。

それが今、現実として妊娠している。

自分の体の中に、もうひとつの命がある。

そのことが舞い上がるほど嬉しい。すぐに傑に報告して喜びを分かち合いたい衝動に駆られるけれど、ふと我に返る。

(早まっちゃだめだ。ちゃんと病院で診てもらってからじゃないと)

さっそく婦人科を予約し、本当に妊娠しているか診察してもらうことにした。以前ブライダルチェックをしてもらった婦人科へ向かう。

「柳さん、妊娠されていますよ。現在八週に入ったところです」

医師にエコー写真を渡されて、小さな白黒の写真をじっと見つめる。まだそれはこれが命だなんて信じられないくらいの小さな丸。

それでもこれが大きくなって、赤ちゃんになっていく。

「まだ丸なのに、もう可愛く思える……」

医師からもらったエコー写真を大事に持って、待合室で会計を待つ。待合室には、お腹の大きな妊婦さんと、付き添いの旦那さんが座っている。お腹を愛おしそうに撫でて、子どもが男の子だったと話しているのが聞こえた。

(いいな、もうすぐ産まれてくるんだ。赤ちゃんに会えるんだ)

微笑ましいふたりを見て、幸せな気持ちになる。そして、羨《うらや》ましいなと思った。

当たり前のように旦那さんが傍にいること。自分と同じくらい我が子を可愛がってくれる人の存在が近くにあることに。

初めての妊娠で、体の変化や、これからのことを考えると不安なことがたくさんある。

そんなとき、傍で支えてくれる人がいたら、どれだけ心強いか。

ひとりで親になることは自分で決意したことだから、責任を持つ気持ちは変わらない。

だけど……傑とこの喜びを共有できないのが悲しい。

この子が大きくなったと報告したり、男の子か女の子なのか想像し合ったりできない。

ひとりでも平気だと思っていたのに。恋愛で傷つくこともないし、何かに縛られることもない。だから自由だと思っていたのに……

今はこんなに寂しい。傑に傍にいてほしいと心から願う自分がいた。

(傑さん……会いたい)

子どもが欲しいとふたりで努力したのも、一緒に生活をするのも、すごく楽しかった。

もしこのままずっと一緒にいられたらと未来を想像して胸を膨らませたこともあった。

でも――

(さすがにそれは望みすぎだ)

分かっている、そんなこと。

傑には涼香がいる。彼は子どもが欲しいと願う風花に付き合ってくれただけのこと。

邪魔者は潔く退散《いさぎよ》しないといけない。子どもを与えてもらえたのだから、これ以上を望むのは契約違反だ。

マンションに帰ると、疲れて眠ってしまった。最近不規則な生活ばかりしていたから体力が落ちたのだろうか。それとも妊娠の影響なのか、体がだるくてすごく眠い。

(傑さんとちゃんと話そう)

会えなくなるのは辛いけれど、最後はちゃんと話して別れたい。近々、彼と会おう。

だから、今は少しだけ眠りたい。

吸い込まれるように夢の世界に落ちていった。

＊　＊　＊

ふと、ベッドの下に置いてあるスマホがずっと振動していることに気がついた。

「ん……?」

目を覚ますと辺りは暗く、夜になっていた。妊娠が発覚してから、ずっと眠り続けていて、朝なのか夜なのか分からなくなるくらい、ひたすら眠り続けていた。

今はちょうど仕事がひと区切りついている時期でよかった。もし締め切りが近かったらこんなに自分のために時間を費《つい》やせなかっただろう。

床の上のスマホを手に取ってみると、傑からの着信が入っている。

「傑さん……」

ぼんやりと画面を見つめていると、もう一度震え始めた。

「もしもし……」

『風花さん？　今どこにいますか？』

「今、家にいます」

『実家じゃないですよね？』

そうすぐに質問されて、風花が実家に帰っていないことを知られていると悟る。

「そう、ですね。自分のマンションにいます」

『今、家の前にいるんですが……入れてくれませんか？』

「え？」

慌ててベッドから起き上がり、窓のカーテンを開けてマンションの入り口のほうに目を向ける。すると下に傑の姿が見えた。

「ほんとだ……」

『今から少し話したいです』

来るべきときが来たのだと覚悟を決める。ずっと先延ばしにしていたけれど、彼に打ち明けなければいけない。

「今寝起きなので、少し準備するまで待ってくれますか？」

『待たない。君の寝起きなら、何度も見ているからどんな姿でも問題ない』

そう言い切られ、早く玄関のロックを解除してほしいとお願いされる。ずっと外で待たせるわけにもいかず、彼の押しに負けて開錠した。

傑はすぐに風花の部屋に到着した。

「こんばんは……」

すっぴんでパジャマ姿のまま扉を開けると、目の前にはフォーマルな格好をした傑が現れた。パーティに行っていましたか？　と聞きたくなるような特別感の溢《あふ》れる華やかな格好が眩《まぶ》しい。

「どうしたんですか、体調が悪いんですか？　顔色がよくないし……それに、瘦せました？」

ここ数日、眠くてたまらず、食欲もなくてずっと寝ていたので、もしかしたら体重が減ったかもしれない。

「あ、はい……大丈夫です。どうぞ、上がってください」

髪もボサボサだし、こんな酷い姿でよく会えたなと思う。キラキラと輝く王子様のような傑は、靴を脱いで部屋の中に入ってきた。

「本当に大丈夫ですか？　……とにかく、座ってください。寒くないですか？」

「はい、大丈夫です」

傑は風花の体を気遣って、ソファに置いていたブランケットで包み込むように抱き締める。

そんなふうに優しくされると嬉しいけど、切ない。

風花の体を労《いたわ》りながら、ソファの上に座らせると、傑は隣から顔を覗《のぞ》き込む。

（もう……近いよ……）

きりっとした格好いい顔で見つめられると、やっぱり素敵だなと胸をときめかせてしまう。しばらく会っていなかったから、なおさらドキドキする。

まっすぐに見つめられると恥ずかしくて目を逸らしてしまった。こんなにみすぼらしい格好の自分が同じ空間にいるのが申し訳なくなる。

「風花さん。ここ三日ほど全く連絡を取れなくなっていましたけど、俺のこと……嫌になりましたか？」

心配そうな表情でそう聞かれて、何と答えていいか分からなくなる。

「嫌いじゃ……ないですよ」

「嫌いじゃないけど、会いたくなかったですか？　顔も見たくないくらい？」

傑のことが嫌いだから会いたくなかったわけじゃない。涼香がいるのに妊活に協力させていたことに苦しくなったのだ。

割り切ってできればよかったのだが――割り切れなくなっている自分に気がついた。

「俺は、会えなくて辛かったです」

「そんなリップサービスなんていらないですよ。気を使わないでください」

「使ってなんかいません。僕は、風花さんに会いたかった。会えない間、ずっと心配でした。ちゃんと言えないでいたけれど、僕は風花さんのことが好きなんです。だから――」

（えっ……）

傑の話は続いていくのに、そのあとの言葉が耳に入ってこなくなる。

（今、好きって言った？　私のこと……が、好き？）

「ちょっと待って。今、好きって言いました？」

「言いました。風花さんのことが好きです」

真剣な眼差しで、じっと熱く見つめられながらもう一度好きだと言われる。

（うそ、うそ……っ。そんなはずはない）

「風花さんは、僕が好きでもない女性と子作りすると本気で思っているんですか？」

「え……」

傑は婚約者のふりをしてほしいから風花の提案に乗っただけだと思っていた。子どもができてもそのあとは一切関与しないと納得していたはずだ。

お互いの利害が一致していたから、ふたりは妊活を始めたのではないのか。

「子どもだけ作るなんてそんな面倒なこと、好きな女性じゃなかったらするはずありません。後々どれだけ厄介なことになるか」

「そう……ですけど、でも」

「僕は、ずっと風花さんが好きだったんです。風花さんは覚えていないだろうけど、僕たちはずっと前に出会っているんですよ」

一体どこで？　思い出そうとしても、風花の記憶の中に傑はいない。

「思い出してくれるかなと期待して、何度かそれとなく言ってみましたけど……本当に覚えてないんですね。僕たち、乗馬クラブで出会っているんですよ」

確かに思い返してみると、今まで何度か乗馬クラブの話をされていた。乗馬クラブに通っているときは馬に夢中で、男子と話した記憶などほぼないのだが。

「スリーズライディングクラブで僕もフィガロに乗っていた」

フィガロと聞いて、大好きだった馬のことを思い出す。中学から高校までの間、毎週フィガロに会いにいっていた。毛並みが艶々《つやつや》で筋肉質で。格好よくて優しいのに、たまに気性の荒いところもあって。そんなフィガロのことが大好きだった。

「僕がフィガロに乗っていたとき、突然暴走したんです。そのとき風花さんが助けてくれた。あのとき風花さんがいなかったら、怪我をしていたかもしれない」

気まぐれな性格のフィガロは、たまに暴走することがあった。その場面に遭遇したら、風花が一目散に機嫌を取りにいく。風花が傍に来ると収まることが多かったからだ。

確かに、高校生くらいの男子がフィガロに乗っているときに暴走し、その場を収めに駆け付けたことがある。

「……そんなことがありましたね。でも、まさか、それが傑さんだったなんて」

「そのときから、風花さんのことが好きだった。仲良くなりたいと思っていたけど……声をかける勇気がなくて。そうこうしているうちに、フィガロが亡くなって……そうして君もいなくなった」

「フィガロが亡くなって乗馬を辞めたんです」

フィガロがいなくなった悲しさから他の馬に乗る気になれず、風花も引退した。

「それから、ずっと君のことが気になったまま時間が過ぎていきました。もう会うこともないと思って諦めようとしたし、他の女性と付き合ったりもした。でも、ある日見つけたんです」

華月屋の資料の中で風花の名前を見つけて、急いで調べた。大人の女性になってランジェリーデザイナーとして活躍している風花を見て、湧き上がる気持ちを止められなくなったのだという。

「もう一度会いたいと思った。今度こそはちゃんと向き合いたいと思った。僕のことを知ってもらって、そして君のことも知りたいと思ったんです」

そうして少しずつ距離を縮めるように、風花に近づいていった。永寿桔梗堂との取引を始め、おかゑの当主に見合いの話を頼んだ。

風花のためなら華月屋を出て、永寿桔梗堂の後継者になることも厭《いと》わない。風花の両親の望む条件を全て満たし、最高の見合い相手になったつもりだと傑は語る。

「それなのに……風花さんには結婚願望がなかった」

長年温めてきた気持ちを胸に秘めて臨《のぞ》んだ見合い。もし風花が自分を気に入ってくれたなら、どれだけいいだろうと期待で胸を膨らませていたのに、まさかの玉砕。

「子どもだけ欲しいと言われて、正直ショックでした。僕に全く興味がないんだと悲しくなりましたが……仕方ないですよね。僕のことを何も知らないのだし、好きでもないんだから」

それでもいいから傍にいたい。子どもの父親になれるのなら、少しでも風花の近くにいられるのなら。

同じ時間を過ごすことで自分を知ってもらえればいいと思った、と続ける。

「こんなの契約違反だし、風花さんから見たら迷惑だと思いました。だけど、もう隠せない。風花さんのことがずっと好きで、一緒にいるようになってもっと好きになった。僕は風花さんだけが好きだし、風花さんじゃないとだめなんだ」

「傑さん……」

握られた手が震えている。彼からの熱が伝わって、本気でそう思ってくれているのだと感じた。

「ただ妊娠させるための相手だって理解しています。風花さんにとって負担になるつもりはないですが、これだけは分かってください。僕はずっと風花さんだけが好きなんです」

子どもの父親になりたいと切望していたのも、風花のことが好きだから。体だけが目的だとか、暇つぶしだとか、そういうつもりではないのだと。

「だから、僕のことを拒まないでほしい」

妊娠が分かってから眠り続けていたせいで、ここ三日間完全に連絡が取れなくなっていたことで不安になり、隠しておくつもりだった気持ちを打ち明けてでも、風花に嫌われたくないと思ってくれたのだ。

「……ありがとう」

そんなふうに想ってくれて、素直に心の底から嬉しい。

傑にとって、自分がどういう存在なのだろうと不安に思っていたから、好きと言ってもらえて素直に安心した。

風花はしっかりと覚えていなかったが、前から自分を知ってくれていたことにも胸を打たれた。

「そんなふうに想ってくれて、すごく嬉しいです」

「颪花さん……」

傑の熱い想いを受けて、心が温かくなる。

でも――

「だけど、傑さんには、涼香さんが……」

涼香は傑の恋人で、長年求愛されているのだと話していた。傑の気持ちを受け取る覚悟ができたから、ずっと先延ばしにしていた結婚を決めることにした、と涼香は言っていた。

「涼香から颪花さんと会ったと聞きました。僕と別れてほしいと言われたんですよね？」

傑が涼香の気を引くために、颪花とお見合いをした。傑は昔から涼香のことを愛していて、なかなか振り向いてくれない彼女に興味を持ってもらうために他の女性と付き合っていた。傑が本気で愛しているのは涼香だ、と。

「今日、彼女の誕生日パーティだったから、会ってきたんです」

だからこんなに華やかな格好をしていたのかと納得した。超セレブな彼女のパーティは、想像を超えるほどの豪華なものなのだろう。

「僕と涼香は幼馴染《おさななじみ》で、兄妹みたいに育ちました。僕の兄と三人でいつも仲が良くて、学校も一緒で。特に涼香と僕は年が同じだから、ずっと近くにいました」

「……はい」

学生時代の傑の隣に涼香がいることを想像すると胸がチクチクと痛む。

涼香が風花の知らない傑を知っていると思うと、素直に羨《うらや》ましい。きっと今と変わらず素敵なのだろう。

「涼香は僕のことをずっと恋愛対象として見ていました。昔から好きだと言われていたし、僕に彼女ができるたび、嫉妬して怒って邪魔をして……毎回です、今までずっと」

「そう……なんですか……」

「涼香は僕に対して好きだと言うけれど、僕には妹や家族にしか思えない。恋愛の相手として考えられない。そう言っても彼女に伝わらなくて困っていました。一度も彼女を受け入れたことはないんです」

涼香から聞いていた話と全然違うので混乱してくる。

「で、でも涼香さん、傑さんからプロポーズされたって言っていましたよ。ずっと待たせていたけど、今度こそ受け入れるんだって」

「プロポーズって……結婚しようと言っていたのは小さい頃の話です。そんな幼少期の話を本気にするなんておかしいでしょう」

「あと、傑さんが今まで彼女と長続きしなかったのは、涼香さんのことが好きなのに他の女性で紛《まぎ》らわせていたからだって聞きましたけど……」

そう打ち明けると、傑は困惑した表情で重いため息を漏らした。

「そんなことはしていませんよ。涼香が海外に行って、やっと解放されたと思ったのに……そうはいかなかったみたいですね。風花さんと会ったと聞かされて、変なことを吹き込んだんじゃないかと心配していましたけど、ここまでとは」

はぁ、と再度深いため息をついている様子を見て、傑の話が真実なのかと思い始める。

「そもそも、風花さんとの見合いには両親も同席しているんですよ。仮に涼香のことが好きで気を引くためだったら、両親を巻き込みません」

「確かに……」

涼香のことは傑の両親も知っている。破談にするつもりの相手との見合いにわざわざ参加させるメリットはない。

「変なことに巻き込んで嫌な思いをさせてすみません。僕はちゃんと風花さんだけが好きで一緒にいるので、誤解しないでほしいです」

「はい……」

「それに僕が歴代の恋人とうまくいかなかったのは、風花さんのことを忘れられなかったからで……」

情けない、と頭を掻きながら恥ずかしそうに打ち明け、傑は風花を見つめる。

「誰と付き合ってみても、もしかしたらどこかでまた風花さんに会えるんじゃないかって期待して、すぐに別れてしまうんです」

「そんなおおげさな……」

「おおげさじゃない。現に風花さんのことを見つけたとき、あらゆる手段を使って見合いにこぎつけたんですから」

そこまで必死になってくれたと聞いて、傑のことを信じられると思えた。

(私も……ちゃんと話さなきゃ)

ずっと揺らいでいたけれど、覚悟を決める。全部包み隠さず話さないといけない。

「私も……傑さんに言わないといけないことがあるんです」

「何ですか?」

「これ、見てください」

バッグの中から一枚の写真を取り出す。白黒のエコー写真を見せると、傑はそれをじっと見つめて固まった。

「これは……」

「私、妊娠しました」

そう打ち明けると、目を輝かせた傑が勢いよく抱き締めてきた。

「おめでとう!」

「ありがとうございます」

この半年間、一緒に頑張ってきた成果が現れて、ふたりのもとに赤ちゃんがやってきてくれた。まだ小さい細胞でしかないけれど、その存在が尊《とうと》くて嬉しい。

「でも……」

腕の力を緩《ゆる》めて、傑の体が離れた。悲しそうな彼の目にはうっすらと涙が浮かんでいるのが見える。

「もう、僕たち……」

会えなくなる？

切ない表情で問いかけられて、次の言葉が出てこなくなる。

妊娠したら、ふたりの関係を終わらせる。認知もしなくていいし、養育費もいらない。父親としての責任を問わない。……そう約束して始めた妊活だった。

言葉に詰まる風花を、傑はもう一度強く抱き締める。その強い抱擁に胸が締め付けられた。

言葉はなくとも、離したくない、ずっと一緒にいたいと願っていることが伝わってきて、心が激しく揺れる。

「……ごめん、風花さん。僕は、約束を守れそうにない。ずっと傍にいたい」

傑に惹かれていく気持ちをずっと抑えていた。ずっと迷っていた。このまま好きになっていいのかどうか分からないまま、引き返せない気持ちに戸惑っていた。

そうじゃない、いくら否定しても、膨らんでいく気持ちをセーブできなくて。

一緒に過ごす時間が楽しくて、キラキラと輝いて、とても大事で。そんな時間が増えていくたびに、離れがたくなっていた。

妊娠したら、別れる。

自分から言い出した条件に縛られて苦しかった。

でも彼から告白されて、一歩踏み出していいのかなと思いが変わる。ずっと臆病になって踏み込めなかった一歩。

人を信じる気持ち。

人を愛する気持ち。

もう一度、体験してみたい。彼となら、この先を一緒に進んでいける気がする。

「私も……好き」

「え?」

「私も傑さんが好きです。ごめんなさい、私も約束を守れない」

明日も明後日も、その先も傑の隣にいたい。

溢《あふ》れる涙を零《こぼ》しながら、自分の気持ちを曝《さら》け出す。

「人を好きになることが怖かったし、結婚なんてしなくていいと思っていました。だけど、傑さんと一緒にいて、そんなことを忘れるくらい好きになってしまった。私から言い出したのに、こんなふうになってずっと苦しかったです」

だから涼香が現れたとき、本当に離れなければならないと思った。妊娠が発覚した際も、別れのときが近づいていると気づいた。

「申し訳ないなんて思わないでください。僕はずっとそう願って傍にいたんだから。もし過去の恋愛で傷ついていたのなら、大丈夫。その人と僕は違う。だから同じことが起こると思わなくていいんです」

「傑さん……」

「僕は、その男性とうまくいかなくてよかったと思っています。そうじゃないと、風花さんに好きになってもらえるチャンスすらなかったんだから」

傑が自信に満ち溢《あふ》れた顔でたくさんの言葉をかける。その言葉たちに背中を押されて、風花も一緒に笑顔になる。

「傑さん、ありがとう」

好きでい続けてくれたこと、そして見つけてくれたこと。

目の前にいる愛おしい人の存在に感謝して、風花の瞳からとめどなく涙が零《こぼ》れていく。

その涙を傑が拭《ぬぐ》い、甘い眼差しで見つめてくる。

「風花さん、僕と結婚してください」

そんな言葉をかけてもらえる日が来るなんて、夢のようだと心の奥底から喜びが湧き上がる。

こくんと頷くと、傑は風花の体を強く抱き締めた。

「一生大切にします。風花さんのことも、子どものことも」

きっと傑はふたりのことだけでなく、風花の周りにいる人たちみんなを大事にしてくれるだろう。風花の家族も、自分の家族のように大切にしてくれることは、すでに彼の行動で示してくれている。

傑と同じくらい、風花も返したいと思う。

「私も大切にします。傑さんのこと」

ふたりは腕の力を緩《ゆる》めて、お互いの顔を見つめる。

「この子はどんな子になるかな。風花さんに似て、可愛いでしょうね」

「傑さんに似て、イケメンになるかも」

「僕、イケメンなんですか？　そんなふうに思ってくれているなんて意外です」

今まで一度も風花から褒められたことのない傑は、半信半疑に質問する。

「イケメンですよ。傑さんは、すごく格好いい」

「本当？　風花さんに言ってもらえると嬉しい」

目を細めて嬉しそうに微笑む傑が可愛い。喜びがダダ漏れで緩《ゆる》んだ顔をしているのが新鮮だ。

「もう好きってことを隠さなくてもいいですよね。これからは、風花さんのことをめちゃくちゃ愛《め》でますけどいいですか？」

「愛《め》でるって……何ですか？」

「こうするってこと」

じっと熱く見つめられたあと、両手で頬を包まれる。そして親指で頬を撫でてから、ちゅっと頬にキスをされた。それから何度も唇を重ねる。

「好き、風花さん、好き……」

「ん……」

甘いキスと言葉が交互にやってくる。とろとろに溶けてなくなってしまいそうなほど熱烈で、ストレートに愛情をぶつけられる。

「ん……傑さん……」

「さん付けはもう止めて。名前だけで呼んで」

キスの合間におねだりされて、胸がきゅんと跳ねる。

（こんなキャラ変……ずるい。可愛すぎる）

「ねえ……風花、お願い」

甘く名前を呼ばれて、鼓動がどんどん速くなっていく。

傑から好きという気持ちが過剰に滲《にじ》み出ている。早く呼んでほしいと何度もおねだりの口づけをされて、ついに降伏してしまった。

「傑……」

「ん、……風花」

「……ぁ、ん」

名前を呼んだら、彼の舌が唇を舐めてきて、そのまま中へ入ってくる。熱い舌が口腔《こうこう》をくすぐって、舌を絡ませる。

「……ふ、ぁ……ッ」

ふたりの間にある距離がなくなるくらいぎゅっと密着して、気持ちを確かめ合う。

(傑、好き……！)

自分が想っているのと同じだけ、彼から気持ちが伝わってきて嬉しい。

体がジンジンしてくる。甘美な時間が流れて、このまま気持ちと体を重ね合わせたい衝動に駆られるけれど――

風花の気持ちを読み取ったのか、傑はそっと唇を離した。

「これ以上は、子どもが無事に産まれてからにしましょう」

熱の宿った瞳でそんなことを言われるが、我慢していることが痛いほど伝わってくる。

でもそれ以上に風花の体のことを気遣い、負担をかけないよう理性を総動員してくれているのだろう。

「……はい」

体を重ねることは大事なスキンシップだと分かってはいるけれど、それがなくとも傑の想いは伝わっている。

今は体を一番大事に。

風花の体の中に、新しい命がいる――その存在を大切にしたい。傑の手が風花のお腹をそっと撫でてくる。愛しさを込めたその手つきがくすぐったい。

「一緒に頑張りましょう」

「はい」

（私は世界一の味方を手に入れたみたい。不安で押しつぶされそうだったのに、今は何でもできそうなくらい無敵だ）

傑となら、何があっても大丈夫。

ずっとずっと一緒にこれからを歩んでいける。

9

婚約中に妊娠が発覚し、両家は騒然とした。一刻も早く入籍をすることを勧められ、風花と傑は妊娠が発覚した翌月には入籍を済ませた。

結婚式は出産してからにしようということになり、義両親たちはとにかく風花の体を優先にしてくれた。風花を一生懸命サポートしてくれた素敵な傑の家族たちには感謝してもしきれない。

貫地谷風花――それが今の名前。一年以上経ってやっと慣れてきた。

妊娠と結婚を奈央に報告すると、自分のことのように喜び、「絶対こうなると思っていたんだよね」とはしゃいだ。最初から風花と傑の関係がうまくいくと確信していたらしい。たくさんのマタニティのインナーや下着もプレゼントしてくれた。

そうして風花と傑の間には、無事女児が誕生した。

現在、生後半年になる。

二十時間の陣痛を乗り越えて、自然分娩で産まれた。立ち会った傑は一生懸命腰をさすって、痛みに耐える風花にできる限りのことをして尽くしてくれた。

最後まで頑張ることができたのは、産まれる瞬間までずっと風花の手を握って付き添ってくれた傑のおかげだ。

現在は、風花の実家の近くに新居を構えて、家族三人で住んでいる。新築の一軒家には自分の仕事用の部屋も設《もう》けて、仕事に集中できる環境を整えた。

デザイナーの仕事をしながら育児をしているが、傑が早めに帰宅して子どもの世話をしてくれるし、風花が授乳している間は家事をやってくれる。

風花の負担を減らすように努めてくれるので、とても助かっていた。

結婚したあと、傑は華月屋を退職し、永寿桔梗堂の後継者として副社長に就任した。風花の父のもとで修業しつつ、いずれは社長となる予定だ。

華月屋で培《つちか》ったものを永寿桔梗堂で活かしているようで、傑が入社してから始めた新しい事業も軌道に乗りつつある。傑は永寿桔梗堂の社員たちから歓迎されていて、信頼も厚い。

彼と結婚し、新たな一面を知るたびに好きになっていく。

いつも頼もしくて優しくて、風花のことを一番に考えて動いてくれる。こんな素敵な男性が夫だなんて信じられないくらいだ。


土曜日の朝。

突然家に訪問してきたのは、傑の兄の亨《とおる》だった。傑と結婚が決まり、改めて親族に挨拶《あいさつ》をすることになったのだが、そのときに亨と初めて会った。

傑とはジャンルの違うイケメンで、インテリジェンスな雰囲気を醸《かも》し出す亨に圧倒されたが、話してみると気さくで優しい。

ちなみに亨は、傑のことが好きだった涼香と付き合っている。

どうしてそうなったのか――。ふたりが付き合ったと報告を受けたとき、傑も風花も驚きで言葉を失った。ずっと恋人のいなかった亨は、昔から涼香のことが好きだったらしい。

しかし涼香は傑に恋をしていたので、その応援をしていた。だが、傑に振られた彼女を慰《なぐさ》めるうち恋人になったらしい。

それと同時期に、涼香は風花に嘘をついたことを謝罪しに来た。亨と付き合うことになったので、もう傑に特別な感情はないと一生懸命説明してくれた。

傑に向けていた熱量を、今は亨に向けているのだと幸せそうな表情で話す涼香を見て、幸せになってくれてよかったと祝福した。

というわけで、皆それぞれに丸く収まったのだが——

「咲良《さくら》ちゃあぁ～んっ。亨おじさんだよおーっ」

亨は現在、咲良に夢中だった。

まさかいつも凛々《りり》しい亨が目じりを下げて姪っこを溺愛する男になろうとは、風花たちの想像の範疇《はんちゅう》を超えていた。

「また来たのか」

「だって、咲良ちゃんに会いたくて。可愛すぎるよ。こんなに可愛い女の子は世の中に存在しない」

華月屋の副社長であることを存分に駆使して、あらゆるベビーグッズを買ってくる。

亨からの貢ぎ物で咲良の部屋は埋め尽くされていた。

「あぁ～、あう」

「咲良ちゃん、一生結婚しなくていいよ。おじさんが一生働かなくてもいいくらい貢いであげるからね」

「おいおい、冗談は止めろ」

新しい家族が増えたことに喜びでいっぱいの亨は、咲良に貢ぐことで幸せを感じているらしい。

くりんとした丸い目の咲良に見つめられてデレデレの表情で喜ぶ亨の姿に、傑は顔を引きつらせる。

「亨さん、おはようございます」

「風花ちゃん、おはよう」

休日の朝に登場する義兄にもう慣れた風花は気にすることなく、家事を進める。

リビングで咲良と亨が遊んでいる様子を見ながら、ダイニングテーブルの上にある食器をキッチンへ運んだ。

「風花」

キッチンで自分たちの朝ご飯の片付けをしていると、傑が隣に寄ってきた。

「ごめん。頻繁《ひんぱん》に来るなって注意しているんだけど、なかなか聞いてもらえなくて」

「気にしないで。私はその間に家事や仕事ができて助かってるから」

「そう……？」

亨もそうだが、お互いの両親もよく咲良を見に来てくれる。初孫ということもあって、みんな溺愛しているようだ。

しばらく亨と遊んでいた咲良だったが、風花の姿が見えないことに気がつき、周りを見回す。そしてキッチンにいることに気づき、ずり這いで向かってきた。

「ああっ……咲良ちゃん、待って」

咲良の後を追い、亨が一緒についてくる。その様子がおかしくて、傑と風花は思わず噴き出した。

「だぁ、あぁー」

喃語《なんご》を話しながら風花のもとへ微笑んで近づいてくる咲良が可愛い。

「咲良、おいで」

風花に似た目は、ぱっちりと大きくて、ほっぺたはぷくぷく。小さな鼻も口も動くたびに可愛くてたまらなくなる。いろんなものに触ってみたがるし、すぐに口に入れようとするなど、好奇心も旺盛《おうせい》だ。

仕草のひとつひとつが愛らしくて、存在しているだけで幸せな気持ちにさせてくれる我が子が愛おしくて仕方ない。

「そうだ。そろそろ咲良の離乳食を始めようと思っているんだけど、亨さんも一緒に見てくれますか？」

「えっ……いいの？」

「もちろん」

最初は傑と一緒にやろうと思って、休日の朝にしようと決めていた。今日は咲良の機嫌もいいし、絶好の機会だろう。なので、しっかりとすりつぶした十倍がゆを作ってみた。

亨がビデオを構えて風花たちに声をかける。

「俺、動画を撮っておくから、ふたりであげて」

「ありがとうございます」

三人でダイニングテーブルにつき、亨からプレゼントしてもらったベビー食器を並べる。そして咲良を傑の膝の上に乗せて、風花が向かい側に座った。

「咲良、ママがご飯をくれるよ。食べてみて」

「あー。あう」

傑が優しく話しかけると、それに応《こた》えるように声を出す。そして目の前にいる風花のほうに手を伸ばして抱っこしてと訴えかけてくる。

「はい、あーん」

食べさせる用の細長い小さいスプーンでおかゆを掬《すく》って咲良の口に運んでみるけれど、なかなか口を開けない。

「あれ？　いらない？」

「咲良、あーん」

何をしているの？　と不思議そうに風花たちを見る咲良はキョトンとした表情を浮かべる。

（そうだよね。初めてだし、何か分からないよね）

無理強《じ》いはしないでおこうと思い、スプーンを口から離そうとしたとき、ビデオを撮影していた亨がニコニコしながら大きな口を開けた。

「咲良ちゃん、ご飯だよ。あーん」

亨が話しかけてみると、咲良は笑って同じように口を大きく開いた。

「咲良、はいっ」

その隙にスプーンを口に入れてみると、ぱくっと食べてくれた。

「わあ、食べられたね」

「あう〜」

吐き出すことなく、おかゆを食べてくれたことに感動する。初日はほんの少しにしておいて、アレルギー反応がないことを確認する。幸い、何も起きることなく無事に離乳食のスタートを切ることができた。

「亨さん、ありがとう。亨さんのおかげでうまくいきましたよ」

「本当？　咲良ちゃんへの愛が伝わったのかな」

「……」

亨が嬉しそうにしていると、傑が複雑そうな表情を浮かべた。溺愛しすぎている兄に引いているようで、顔を引きつらせている。そんな兄弟のやり取りを見ているのも面白くて、風花はついつい亨を褒めてしまうのだった。


——夜。

夕食を終え、咲良を寝かしつけたあと、やっとふたりの時間になった。

平日だと仕事に疲れて咲良と一緒に寝てしまうことが多いため、土曜日の夜は貴重なふたりきりの時間だ。

「なんだかんだで、結構長い時間いたね」

亨は、夕方まで咲良と遊んでいった。その間にやらなければいけない仕事を片付けられたので、風花としては助かったが。

家族水いらずの休日を過ごそうと思っていた傑は少々不満のようで、困惑した表情を浮かべていた。

「それにしても、亨さん、週末はうちで過ごすことが多いけど、涼香さんは寂しがらないのかな？」

「寂しがっているらしいよ。亨曰《いわ》く、咲良にヤキモチを焼いているみたいだ」

「そうなんだ。早くふたりも結婚したらいいのにね？」

「結婚したら、涼香が義姉だよ？　それはそれで面倒だな……」

「大丈夫だよ、きっと」

涼香は、わざわざ風花へ謝りに来たとき、謝罪とともに、これからは友達として仲良くしてほしいと言った。今では涼香とも仲良くやっている。

「ううーん……」

風花と傑が会話していると、咲良が寝言を言ったので顔を見合わせた。静かにしないと起きてしまうからと、話し声を小さくする。

「たくさん遊んでもらったから、今日はすぐに寝ちゃったね。よく寝てる」

「そうだね」

パジャマ姿のふたりは、寝室にあるベビーベッドですやすやと眠る咲良の顔を見つめて微笑む。

ふと、風花は隣から傑の視線を感じた。

「どうしたの……？」

何も言わずに物憂げな瞳でじっと見つめてくるので、どうしたのだろうと不思議に思う。

普段の生活をしているときも、傑からこういった視線を向けられることが多々ある。そのたびにどうしたのか聞いても何もないと返されるのだが、今日は違った。

「そろそろ……いいかな。我慢ができなくなりそうなんだ」

「え……？」

風花の背後に回ると、傑は後ろからぎゅっと抱き締める。大きな体に、風花の体がすっぽりと包まれた。

「結婚してから、ずっと我慢してるから……そろそろ限界、かも」

切なそうな声を聞いて、ドクンと胸が大きく鳴る。ふたりはちゃんと想いを通わせてから結婚をしたわけだが、妊娠していたため夜の営みを一切していない。

つわりが辛かったこともあり、傑はスキンシップを控えてくれていた。手を繋《つな》いだり、ハグをしたりはあったものの、それ以上を求めてくることはなかったのだ。

（ずっと……我慢してくれていたんだよね……）

風花に負担をかけまいと、自分の欲求を抑えていたことを風花は知っている。

産後半年が経ったし、授乳はしているものの、それ以外は以前の体にだいぶ戻ってきた。もう愛し合っても問題ないと医者には言われている。

「無理は絶対にさせないから……いい？」

「……うん」

（どうしよう、どうしよう……私……）

咲良を産んでからそういう気分なんて一切忘れていたはずなのに、傑に抱き締められたら彼のぬくもりを感じて初めてのときのようにドキドキしている。

「ありがとう。嬉しい」

熱い吐息を肌に吹きかけられ、ちゅっと首筋にキスをされる。ずっと欲しかったと伝えるように、何度も肌の上に唇を寄せられて甘い音が鳴った。そのたびにゾクゾクして、体が敏感に反応する。

「ん……」

「こっちに行こう」

傑に導《みちび》かれてベッドに移動すると、向かい合ってキスが始まる。

「風花……」

名前を甘く囁《ささや》きながら、柔らかい唇が触れてきた。

軽いキスのあと、舌を絡ませ合う濃厚なキスに変わっていく。後頭部に手を添えられて、欲情を感じる熱い口づけが続くと、頭がぼうっとしてきた。

「……咲良が起きないように、静かにしないといけないね」

「うん……」

小さな声で会話をしながら、息継ぎの合間に口づける。

「……はぁ……風花。ずっとこうしたかった」

「……ん……」

「好きだよ。……ん」

愛情たっぷりのキスを繰り返して、どんどん体が熱くなってくる。眠っていた女性としての感覚が体の奥から目覚めていくみたいで、お腹の奥がきゅんと震えた。

「痛くならないようにするから」

そう言って、傑は風花のパジャマのボタンを外していく。授乳で敏感になっている胸はなるべく触らないようにして、腕や脇、お腹や腰などを優しく撫でた。彼の指先が肌の上を滑っていくだけで、小さく体を揺らしてしまう。

「ぁ……っ、ん」

傑とこんなことをするのは、一年以上ぶり。前に体を重ねていたときは、お互いの想いを隠したまま子どもを作ることを目的にしていた。

なのに今は、お互いのことを想いながら、好きという感情を重ね合わせるためにしている。

以前も気持ちよかったけれど、今日はもっと気持ちいい。傑に愛されている実感があるから、余計に感じてしまう。

「風花の肌、触っているだけで気持ちいい」

「……っ、ん……。触り方が……エッチ……」

「そう……?」

「……あ」

パジャマのウエスト部分から、彼の手が入ってくる。そしてショーツの中まで入り込んで、潤《うる》んだ場所を見つけた。

久しくしていないはずなのに、風花のそこはもう反応して蜜を溢《あふ》れさせている。

「……っ」

彼の手が閉じている襞《ひだ》を優しく開き、潤《うるお》っているのを確かめる。それだけでいやらしく蜜の音が鳴った。

「よかった。感じてくれたんだ?」

「あ……っ、だめ……音が……」

太い指が表面をぐるりと撫でる。溢《あふ》れ出た蜜をつけながら、形をなぞるように動いていく。そのたびに蜜音が部屋の中に響いた。

「エッチな音。……可愛い」

くすりと笑い、傑は嬉しそうな声で囁《ささや》く。

入り口あたりで指を動かすと、ぐちゅぐちゅと淫猥《いんわい》な音が鳴った。いくら声を抑えていても、その音が大きくて恥ずかしい。

「ぁ……ん、――っ」

これ以上音を立てないでほしい、と太ももを閉じようとするのに、傑の腕がそれを阻止した。

「だめ、隠さないで」

「……あぁっ」

執拗《しつよう》に表面を触ったあと、ゆっくりと奥まで指が入ってくる。久しぶりの挿入に、子宮が震えて目の前がチカチカした。彼の指が入ってきたことが嬉しくて、中がぎゅっと締め付けて離さない。

「中もとろとろ。久しぶりだなんて思えないくらいだ」

「……ん、んん……」

根本まで入れた指がゆっくりと引き抜かれていく。名残《なご》惜しい膣内が離したくないと指に吸い付いた。

「よかった、痛くなさそうで。まずはこっちで気持ちよくしてあげる」

蜜でぬるぬるになった指先が、隠れている敏感な花芯を見つけると、優しく擦《こす》り始めた。

「あ……っ、ん……！　っ、ぁ……」

「風花、ここ好きでしょ？」

「あう……っ、はぁ……」

優しく撫でられているだけなのに、腰を揺らすほど気持ちいい。ずっと口づけされながら、傑の愛撫に溶けていく。

「……っ、ぁ、ん……っ！」

声を必死で抑えるものの、高みに昇る体に抗《あらが》えない。彼の指に翻弄《ほんろう》されて快感に溺れていく。

「体がビクビク揺れてるよ？　そんなに気持ちいいんだ。……じゃあ、もっとしてあげる」

「ああっ、待っ……そんなに、しちゃ……あぁ」

決して激しく触られているわけではないのに、気持ちよさが増していく。風花にぴったりと密着している傑は、何度も頬や耳にキスをして可愛がりながら指戯を続けた。

「も……だめ……ぇっ、あぁ……」

これ以上続けないでと腰を引くのに逃がしてもらえない。

(声が……出ちゃう……)

大きい声を上げたらいけないと口を押さえるものの、堪《こら》えきれない声が漏れてしまう。

傑は身悶《みもだ》えている風花に容赦なく愛撫を与え続ける。一生懸命声を我慢している風花の様子が、彼の欲望を駆り立てているらしい。

「風花の感じてる顔、すごく可愛い」

「……っ、ぁ……、ああっ」

「風花、好きだよ。もっと気持ちよくなって」

（傑、好き……！）

傑の愛の囁《ささや》きを聞いて、ビクビクと腰を痙攣《けいれん》させて達してしまった。体と言葉で感じて、今まで味わったことのない気持ちよさに震える。

風花が達したことを確認すると、傑は自身の服を脱いで裸になった。そしてまだ熱の冷めない風花の体を抱き締めて頬に口づける。

「ずっと風花を抱きたかった。ずっと我慢してた」

「ごめんね、我慢させちゃって……」

「風花が謝ることない。妊娠していたんだから、しないのは当たり前だよ。風花の体が優先なんだから無理をさせられない」

妊娠中でも安定期に入れば、性行為できないことはない。激しくしなければ大丈夫とは聞いていたが、傑はしなかった。

風花の体と赤ちゃんが大切で、手を出せなかったのだと言う。

「だから、今日はたくさん愛させて」

　裸同士で肌を触れ合わせるように抱き締め合って、想いを重ねるようにキスをする。傑の体温の温かさに幸せを感じた。

「傑、好きだよ」

　結婚する前もしたあとも、妊娠する前もしたあとも、変わらず風花のことを愛してくれる傑が愛おしい。

　風花が傑を好きになるずっと前から好きだったと言われて、最初は驚いた。自分の何気ない行動で彼の心を射止めていたなんて信じられなかったけれど、一途《いちず》な気持ちを伝え続けてくれた今は、それを実感できる。

「うん、俺も。好きだよ」

　好きだと伝えると、本当に嬉しそうに微笑む傑が可愛い。

　見つめ合って何度かキスをしたあと、傑は体を下にずらして風花のお腹あたりに顔を寄せた。そして脚を広げて、秘部に口づける。

「……っ」

　そんなところを見られて恥ずかしいと思うけれど、彼が好きだからされること全てを受け入れたいと力を抜く。

　傑は舌で割れ目をなぞり、媚肉を広げて溢《あふ》れた蜜を舐める。さっきまで愛撫していた花芯を見つけると、そこを重点的に弄《いじ》った。

「ああっ、あん……！」

さっきよりもっと気持ちいい。大好きな人に舐めてもらっているという嬉しさと、肉体的な快感が合わさっておかしくなりそうだ。さっきまで声を抑えていたが、もう制御ができない。

「あぁ……っ、それ……気持ち、い……」

吸い付いて強く刺激されたり、優しく撫でられたりを繰り返されるたびに体が跳ねる。

さっき達したばかりなのに、もう昇り始めている。

「あ、あぁ……っ、傑、ぁ……」

太ももを持っている彼の手の近くに手を伸ばすと、指を絡ませるように握ってくれた。

それが嬉しくて熱が弾《はじ》ける。

「ああ！　あっ、あぁぁ……！」

大胆に脚を広げて、彼の顔に押し付けるみたいにガクガクと震える。二度目の絶頂を味わい頭の中が真っ白になった。

「はぁ……はぁ……」

快感の余韻に浸《ひた》って恍惚《こうこつ》としていると、脚の間にいた傑が体を起こして体勢を整えているのが見えた。相変わらず引き締まった男らしい肉体をしている彼を見つめているうちに、昂《たかぶ》った彼の屹立《きつりつ》が風花の蜜口に宛がわれた。

「風花」

名前を呼ばれて、胸がときめく。

もう何度も呼ばれて慣れているはずなのに、今日の声は艶《つや》っぽくて色気が溢《あふ》れている。

「入れていい？」

「うん」

そんなふうに聞かなくてもいいのに、と思うけれど、彼なりに気遣ってくれているのだろう。こんなに優しく、甘やかしてもらえていいのだろうかと思うほどだ。

風花の返事を聞いた傑は、ゆっくりと自身を中に押し込んでいく。無理をさせないように、じっくりと時間をかけて少しずつ奥へ進んだ。

「ああ……っ！」

「……っ」

徐々にこじ開けられていく感覚がする。やはり久しぶりで狭くなっていることもあって、少し苦しい。

でも、彼でいっぱいになっている嬉しさのほうが勝っている。

全部入り切ったあと、傑は風花をじっと見つめた。その視線に気がつき、目を閉じていた風花も傑を見つめ返す。

「風花……好きだよ」

心の奥底から愛おしいと思ってくれていると伝わる優しい眼差しと、包み込んでくれるぬくもりに安心する。

「私も……傑のこと、大好き」

順番がめちゃくちゃで恋愛期間なく夫婦になったけれど、ふたりの絆《きずな》は確実に強くなっている。

だから安心感もあるし、相手を想う気持ちも強くなっていく。

同じ気持ちを確かめ合いながら、ぎゅっと強く抱き締め合ってひとつになる。

深い場所で、これ以上ないほどに近くに愛しい人を感じて幸せを噛み締めた。

「風花の中、すごい。気持ちよすぎて……すぐ出そう」

切なげな表情を浮かべる傑は余裕がなさそうだ。久しぶりの感覚に翻弄《ほんろう》されて、自身をコントロールできないのかもしれない。

「うん、いいよ」

今日はすぐに終わってしまっても、これからいくらでも愛し合えるのだから気兼ねしなくていい。そう伝えるけれども、傑は嫌だと頑《かたく》なに受け入れない。

「ダメだ。いっぱいしたい」

呼吸を整えた傑は、ゆっくりと腰を動かし始めた。風花の狭い蜜道を擦《こす》り上げながら、押し広げていく。

「んっ……んん……」

(今日の傑、すごく可愛い……かも……)

いつもは男らしくて大人の余裕がある人なのに、今日は切羽詰《せっぱつ》まったような苦悶の表情を浮かべている。気持ちよくて、一生懸命我慢している姿が愛おしくて、見ているとキュンとしてしまう。

(私でこんなに気持ちよくなってくれているなんて、何ていうか……嬉しい)

彼とひとつになれて、とろとろになっていく頭の中でそんなことを考える。

「傑、好きだよ……」

風花は彼の首に手を回して引き寄せ、顎《あご》の下や首筋にいっぱいキスをして甘える。

「こら、そんなことしたら――」

「いっぱい気持ちよくなって。大好き……傑」

「……っ」

煽《あお》っているのは分かっている。一生懸命堪《こら》えている姿が可愛くて、余計にしたくなった。好きだと伝えるようにたくさん甘えて体をくっつけると、中にいる彼の大きさが増した。

「これ以上は……」

「いいよ、出しても」

「……は、ぁ……風花……。でも……」

「傑にならら、何をされてもいい……っ、だから」

そう囁《ささや》くと一気に律動が激しくなった。根本まで挿《さ》し込《こ》まれて、奥を抉《えぐ》る腰つきに変わる。傑の手が腰を強く掴《つか》み、風花の体は仰《の》け反《ぞ》るほどガツガツと貪《むさぼ》られた。

「あっ……ああ！　んん……っ、あぁ！」

「俺にそんなこと言ったらどうなるのか、教えてあげる」

さっきまでの穏やかな時間が嘘のように、激しく突き上げられる。今までの我慢を全て解放すると言わんばかりの大胆な動きに頭の中が真っ白になった。

「あぁ……、はぁ……っ」

「中に……出してもいい？」

気持ちよすぎて声が出ない。涙目になりながらこくんと頷くと、傑はゾクリとするような妖艶《ようえん》な瞳で風花を見下ろした。

（その……目……）

最初の頃によく見た、その目。陰のある冷ややかな瞳がミステリアスで、いつもの紳士的な態度とのギャップに興奮してしまう。

「風花はいやらしくて可愛いね。じゃあ、いっぱい出してあげる」

風花を見ながら、傑は激しく腰を動かす。奥の奥までねっとりと味わうように角度を決めて振動を速くした。

「は……っ、出るよ。ほら、全部……受け止めて」

「あああっ。も……ダメ……っ。ああ！　んん――――！」

風花の絶頂を迎えるタイミングを見計らって、傑は勢いよく射精した。ドクドクと注ぎ込まれるそれを、子宮は喜んで飲み干そうと蠢《うごめ》く。

「好きだよ、風花」

何度も愛を囁《ささや》きながら、小刻みに腰を揺さぶる。どうしようもない強い快感に支配されて、ひとつに交わる体は溶けた。

「ずっと一緒にいよう。これからも」

「うん」

「愛してる」

体中で弾《はじ》けるような快楽に、風花は今までで一番の幸せを感じた。


久しぶりに女性としての時間を味わい、傑の腕の中で頭を撫でられて甘い時間を過ごす。

咲良はベビーベッドですやすやと気持ちよさそうに寝ている。ひとときの静かな時間にリラックスしていると、隣にいる傑が小さな声で話し始めた。

「風花……。そろそろ再開してもいいかな？」

「何を……？」

何のことだろう、と問い返すと、傑は風花に耳打ちをした。

「子作り」

「え……っ」

驚いて、風花は目を見開く。

「そろそろ次を考えてもいいかなって。風花、男の子が欲しいんだよね？」

確かに、もともと男の子が欲しいと思っていた。それは永寿桔梗堂の跡継ぎ問題があったのと、友人が「男の子、可愛いわよー」と言っていたからだ。

「ま、まぁ……そうだけど」

「それに、今日から夜の営《いとな》みもちゃんとしていきたいし」

これまでなかなか夫婦生活ができないでいたけれど、今日のようにふたりの時間を作れるゆとりがだいぶ出てきている。

「風花は、そういう気になれない？」

「ううん、そんなことないよ」

むしろ、逆だ。

恋愛期間なしで妊活をしてきたふたりは、想いが通じたときには妊娠していた。そんな関係だったからこそ、もっと恋人のように愛し合う時間が欲しいと思っていた。

傑の父親としての一面も好きだけど、他の面ももっと知りたい。彼氏として、夫としての彼を知るためにも、ふたりの時間を大切にして、その結果、また子どもができれば嬉しい。

「これからは、たくさん夫婦の時間を持とう」

咲良を大事にするのはもちろんだけど、傑のことも大事にしたい。きっと傑も同じ気持ちなんだろう。風花のことを抱き寄せるこの腕の強さがそれを物語っている。

「大好きだよ、風花」

「うん。これからもよろしくお願いします」

すでにドキドキしている風花の頬に、傑は悪戯《いたずら》っぽくキスをする。

これからは恋人みたいに、そして夫婦らしく、たくさん愛し合えるのだ。

ずっとそんな日々が続けばいいなと、風花は心を弾ませながら願うのだった。

初恋はいつまでも続く

〝入籍せずに、私と子作りしてもらえませんか？〟


長年想ってきた相手に言われた言葉がこれだなんて、酷すぎて笑えない。

やっとの思いでこぎつけた見合いだった。あらゆるツテを使って挑んだ一世一代の見合いの場で、相手にこんなことを言われるなど想像していなかった。

初めて会ったときから、風花のことが好きだった。でもそんなことを言ったら引かれるかもしれないと、この気持ちを胸に秘めた――


十年以上を経ての再会。

風花は覚えていないだろうが、傑と風花は過去に会ったことがある。

あれは、高校生になってすぐの春のこと。

親のすすめで、兄と一緒に乗馬クラブに通っていた傑は、ひとりの女の子に出会った。

その子は柳風花という明るく快活な子で、傑と同じ馬に乗っている。

同じ馬を利用しているため、同じ時間のレッスンになることはなかったが、傑がレッスンを受けているときに、彼女も乗馬クラブに来ていたことがあった。

乗っていた馬——フィガロの様子を見に来たようで、柵の向こうから傑とフィガロに目を向けている。

フィガロは優しく穏やかなのだが、たまにターボがかかるときがある。気に入らないことがあると、とことん暴走するクセを持っていた。

そんなフィガロに跨《また》がっていると、遠くから視線を感じた。

そちらを見れば、襟元がネイビーの白のセーラー服を着た風花がいた。

（あんなふうにジロジロ見られたら、やりにくいんだけど……）

常歩《なみあし》をしている傑のことを見つめる眼差しが気になって仕方ない。

そのときの傑は彼女に気を取られてしまい、フィガロの変化に気がつかなかった。

「あ……っ」

自分に集中していないと嫌な性質のフィガロは、騎手が他のことに気を取られていることを感じ取ったのだろう。

傑を振り落とそうと体を揺らし、急に激しく走り出した。

「ちょ、ちょっと……フィガロ！　止まって」

このまま落馬をしたら大変だ。下手をすれば骨折など大きな怪我をするかもしれない。フィガロの異変に気がついたスタッフたちは慌て出し、傑のほうへ駆けつけようとする。その間に風花は柵を飛び越えて、馬場へ入ってきた。

「フィガロ！」

彼女が名前を呼ぶと、荒ぶっていたフィガロの耳がピンと立つ。

「落ち着いて！　怒らないの」

まだ傑のことを振り落とそうとしているが、近づいてくる風花に視線を向けているようだ。

いつもの姿勢を保てず、前かがみになって手綱《たづな》をぎゅっと掴《つか》んでいると、今度は傑に向かって風花が声をかけた。

「あなたも落ち着いて！」

鳴き声を上げていたフィガロだったが、風花が宥《なだ》めるように「ほーら、ほーら」「どうどう」と何度も根気よく声をかけていると、少しずつ落ち着き始めた。

「もう大丈夫。フィガロ、急に怒っちゃダメだよ。優しくしてあげてよ」

フィガロに近づいた風花は微笑みかけ、そしてその顔に口づける。その仕草がまるで恋人にするみたいに甘くて、不覚にも見惚れてしまった。

「君、大丈夫だった？」

「あ……うん。助けてくれてありがとう」

周りにスタッフが寄ってきたときには、もういつものフィガロに戻っていた。風花が止めてくれなかったら、もっと怖い思いをしていたはずだ。

「さすが風花ね。フィガロのことをよく分かってる」

「だってフィガロは私の恋人だもん。……ね、フィガロ」

「ヒヒン」

タイミングよく返事をしたフィガロを見て、周囲の人たちが笑う。風花がフィガロを撫でたことで、すっかり機嫌が直ったようだった。

あとから分かったことだが、柳風花は傑よりもこのクラブに長く所属していて、上級者だった。誰よりもフィガロを可愛がっていて、熱心にレッスンを受けているらしい。

動揺していたこともあって、危ないところを助けてくれた彼女にちゃんとお礼を言えなかった。

（ちゃんと言わなきゃ。命を助けてもらったようなものだし）

風花が気になった傑は、後日彼女がレッスンしているところを覗《のぞ》きに行くことにした。

今まで感じたことのないような緊張感を持って、遠くからフィガロと風花の様子を見つめる。

白のシャツに、デニム、その上に黒のロングブーツを履いた風花は、髪をひとつにまとめ乗馬用のダークグレーのヘルメットを被っていた。

その凛《りん》とした姿に目を奪われる。

(可愛いな……)

きっと年は近いはず。この前のお礼を言いたい。それから……

仲良くなりたい。

傑の胸に生まれた淡い恋心。そのときはまだ自覚していなかったが、彼女のことを考えるたびに、胸が熱くなる。

レッスンの時間が終わり、馬小屋でフィガロの手入れをしている風花に近づいてみる。

心臓の音がバクバクと鳴って、緊張が最高潮に達していた。

(こんにちは、って声をかけたら、この前はありがとうって言うんだ)

後ろ姿の風花に近づこうと思うのに、足がすくんで前に進めない。

「フィガロ、大好きだよ。いつも格好いいね。フィガロ以上に好きになる人はいないよ」

目の前にいる馬に愛を囁《ささや》いているのを聞いて、自分の入る隙がないことにショックを受ける。フィガロはこちらをちらりと見て、「いいだろう」と言わんばかりの自信のある表情をしてきた。

(うう……っ、フィガロめ……)

好きな人が他の男に取られたみたいな屈辱を味わい、情けない気持ちのままその場を後にした。

それから何度かトライしようとしたものの、うまくいかず、結局仲良くなれないうちに彼女は退会してしまった。

どうしてあの頃、もっと勇気を出して話しかけなかったのだろう。チャンスなら何度もあったはずなのに……

そう後悔して失恋の痛みを味わって、少し大人になった。

それから十年以上経ったある日、偶然彼女の名前を見かけることになる。

家業である百貨店事業に携《たずさ》わる傑は、スウィートセジュールに関しての催事資料に目を通していた。いつもならさらっと流し読みをするのに、たまたまその中に風花の名前を見つけたのだ。

同姓同名の他人かとも考えたが、いてもたってもいられず、傑はすぐにネットで検索してみた。数年前からスウィートセジュールのデザイナーとして活動している彼女のSNSを見てみると、初恋の彼女だったのだ。

（嘘だろう。あの子だ……）

当時よりもあか抜けていて派手なファッションをしているが、スリーズライディングクラブにいた彼女に間違いない。あの頃はお嬢様学校の制服を着ていたし、黒髪で化粧っ気のない女の子だったのに、今は華やかで可愛らしい女性になっている。

風花を見つけた当初は、付き合っていた女性もいた。しかし寝ても醒《さ》めても風花のことが気になって仕方なくなり、一年ほど付き合っていた恋人に別れを告げた。

初恋の相手だから、思い出を美化しているのかもしれない。傑が想像しているような女性じゃないかもしれない。あの頃とは全く違う人になっているかもしれない。

そう思うのに、もう一度会いたくて、今度はちゃんと仲良くなりたいという気持ちが加速していく。

高校生の頃とは違う。目を見て会話をして、彼女のことを知りたい。

今まで付き合ってきた恋人たちに向けるものとは全く違うこの感情を、自分でも止められない。

傑は、まだ再会すらしていない風花に夢中になっていった。

過去に通っていた乗馬クラブに出向き、昔からいるスタッフに彼女のことを聞いてみる。そうすると、彼女の実家が和菓子屋の永寿桔梗堂だという情報を掴《つか》んだ。それから永寿桔梗堂との繋《つな》がりを持つべく、華月屋の食品担当に取引を打診した。もともと永寿桔梗堂の和菓子を店に置くのはどうかという声が上がっていたので、順調に話が進んだ。

そんなふうにひとつひとつ縁を手繰《たぐ》り寄せた傑は、おかゐの当主に頼み込んで、見合いまでこぎつけたのだ。

——そうして、お見合い当日。

着物姿の彼女は、相変わらず可愛くてキラキラと輝いて見えた。今まで傑の周りにいた女性たちとは少し違う感じで、独特の雰囲気を持っているから目が離せない。

この瞬間をどれだけ待っていたことか——。期待に胸を膨らませて臨《のぞ》む。

知人も両親も巻き込んで、これ以上ない好条件を出して見合いにこぎつけたというのに、彼女の放った言葉で心が砕けた。

「入籍せずに、私と子作りしてもらえませんか？」

（入籍をせずに、子どもだけを作る……？）

何度も風花の言葉を頭の中で復唱してみるが、なかなか理解できない。

「入籍……せずに、ですか……？」

「はい。私、結婚願望がないんです。今、好きな仕事をして、ひとりで生活していることに満足しています。しかし親がどうしても結婚してほしいと言うので、今日お見合いに来ましたけど……実は全然乗り気じゃなくて」

見合いなんて古臭いが、一番手堅いのではと思った方法だったのに、そんなふうに一蹴されるとは。

もうこの時点で粉々になった傑の心は、灰になって風に吹き飛ばされそうだった。

風花は、この見合いは互いの親が強制的に行《おこな》っていることだと思っているらしい。こうなった以上口が裂けても言えないが、これは全て傑が考案した事態なのだ。

「でも子どもは欲しいなと思っているんです。この先一生結婚しないような気がするので、子どもだけでも産んでおきたくて」

風花がそういった考えの持ち主だという想定をしていなかった。ガツンと鈍器で頭を殴られたような衝撃を受けながら、取り乱してはいけないと必死で平静を装《よそお》う。

世の中にはいろいろな考えの人がいることは理解していたが……まさか風花がそのタイプに当てはまるとは。

目の前にいる男が長年風花に想いを寄せているなど思ってもいないのだろう。十年以上経っているのに、初恋の相手が忘れられず、恋人と別れてまで出会えるように努力してきたなんて。

（しかし、まさか結婚願望がないとは……）

見合いの承諾をもらったので、てっきり結婚の意思があるものと思っていた。

傑を見て気に入らない場合の想定はあったものの、まさか結婚はしないが子作りだけしたいと提案されるとは……。予想の遥《はる》か斜め上をいっていて絶句してしまう。

「結婚、したくないんですか……」

「そうですね。今はそんな気になれないです。仕事が楽しいので」

ここまできっぱりと言い切られると、逆に清々《すがすが》しい。回りくどく言われるよりは、いいけれども。

しかし――

（この人は、自分の発言の意味を分かっているんだろうか。セックスしてくださいって言っているってことを、理解している？）

カモネギ状態になっていることを理解しているのかいないのか、彼女の思惑が分からなくなる。

ずっと好きだった女性にセックスしてくださいと言われて、断る男がどこにいる？　向こうから抱いてくださいと言ってくるなんて、願ったり叶ったり。風花を抱いているところを頭の中で想像しそうになったところで、一旦ストップをかける。

いや、待て。彼女が言っているのは、そういう意味じゃないかもしれない。

（まさか、精子だけくれって言うんじゃ……？）

それで人工的に受精させて子作りしたいと思っているわけじゃないだろうな、と警戒しながら相手の反応を探る。

「もし僕が承諾しなかったら、どうするつもりなのですか？」

「それは……えっと……。誰か協力してくれる人をこれから探します」

（なんだって？　俺じゃなくてもいいってことなのか？）

傑が絶対にいいのだと言われることを期待したが、そうではないらしい。ダメなら次を探すという切り替えの早さに、またしても心が折れる。

(……ふざけるなよ)

こっちは、純粋な想いを抱いてここに臨《のぞ》んでいるのだ。長年想っていた人と恋愛をしたくて、遠回りしながらやっとたどり着いた結果がこれだ。

結婚はしないけれど、子どもが欲しいから種だけをくださいなんて酷すぎる。それを傑以外の男に求めることも絶対に許さない。

それなら、徹底的に応《こた》えてやる。

「……分かりました、その役目、引き受けます」

精子だけの提供など絶対にしない。普通のやり方で妊娠させてやる。

愛して愛して、傑がいないと物足りなくなるほどに躾《しつ》けてみせる。これは男の意地だと闘志を燃やす。

この純粋な気持ちを踏みにじった代償が大きかったことを思い知るといい。

愛情と憎しみは紙一重だと噛み締めながら、目の前の愛しい人を一瞥《いちべつ》する。

傑の視線を受けた颯花は、恐縮しつつも喜んでいた。

――これから、自分がどんな目に遭うのか知らずに。

見合いの翌日。

華月屋の従業員通路を歩いていると、朝イチから会いたくなかった人物に出くわしてしまった。

「おはよう、傑。昨日の見合い、うまくいったらしいな。実家に向こうのご両親から連絡があったぞ」

兄の亨だ。朝から無駄に爽《さわ》やかではつらつとしている。こちらは昨日の見合いで心がズタボロになっているというのに。そんなことを知らない亨は風花の話を続けた。

「相手のお嬢さんも、いい子みたいだな。父さんも母さんも喜んでいたぞ」

「その話はしないでくれ」

「どうして？　あんなに気合を入れていたじゃないか。わざわざ見合いのためにスーツをオーダーして、恋する乙女みたいに胸を弾ませて」

「そんなふうになっていない」

「なっていたよ。顔には出てないけど、俺には分かった。俺を誰だと思ってる？　お兄ちゃんだぞ。何年お前と一緒にいると思っているんだ」

家族にはただ見合いがうまくいったとだけ伝えてあるので、亨のこの反応は当然だろう。

亨が言う通り、風花と見合いが決まったあとから、会える日を心の中で指折り数えていた。仕事もいつも以上に身が入っていたし、早く当日にならないかと楽しみにしていた節はある。

（はあ……一昨日までの俺に、最悪な事態になると教えてやりたい）

そうすれば、あんなに期待して毎日を過ごさなかっただろう。

「次の約束はしたか？　最初が肝心だからな。お前のセンスを見て、相手がもっと惚れるかガッカリするかが決まる。でも焦るなよ、余裕のない男は嫌われるからな」

見合いをしてお互い結婚を前提にしているふたりとはいえ、すぐに手を出してはいけないと忠告を受ける。

（余計なお世話だ）

亨がうまくいくようにアドバイスをくれているのは分かっているが、悪態をつかずにいられない。

普通の男女なら、それで充分だろう。少しずつ相手のことを知って、恋愛していくのなら。

しかし風花と傑は違う。

この先会う約束はあるが、相手は子作りが目的で、恋愛をしようと思っているわけではない。

少しずつ距離を縮めていくことなど、最初から望まれていないのだ。

「俺ももう三十だ。そんないきなりがっつくか」

「いや、お前ならあり得るね。何せ初恋の相手だからな。思春期の悶々《もんもん》とした欲望を抱えたままの男だぞ。抑えきれなくていきなり襲いそう」

「うるさい」

兄弟同士の会話だからか、お互い遠慮がない。

確かに、普通にお見合いをして交際の承諾をもらえていたのなら、きっと舞い上がって手のつけられないような状態になっていたことだろう。

好きな気持ちが先行して、風花に尽くして好かれようと必死だったかもしれない。

「大丈夫だよ、うまくやる」

「ならいいけど。今度俺にも会わせろよ」

「考えておくよ」

そうならないように努めるつもりだが、子作りだけの関係で終わったら、亨に紹介する前に終了してしまう。

(うちの家族に会ってくれる日なんて、この先来るのか……?)

今まで学業も仕事も、何も恐れることなく突き進んできたと思う。恋愛だって、うまく感情をコントロールして溺れることなく冷静に対処できてきたと思う。

それなのに風花のことになると、予想外のことばかりで手に負えない。

「俺もそんな夢中になれる子と出会いたいよ」

「亨は選《え》り好《ごの》みしすぎなんだよ」

「はは、そうなのかな?」

社内でも社外でも女性から言い寄られているが、その中に亨のハートを射止める女性はいないらしい。丁重に断っているところを目にするし、実際亨は今誰とも付き合っていない。

「あ、そうだ。涼香が今度誕生日パーティを開くみたいなんだ。そこに俺とお前も招待するって」

涼香は、幼馴染《おさななじみ》の女性だ。傑と同じ年で、今はモデルとして海外で仕事をしている。

「誕生日パーティって……、あいつももう三十歳だろう。いつまでそんな子どもみたいなことしているんだ」

「そう言うなよ。幼馴染《おさななじみ》だろ?」

「もう日本に帰ってきているんだっけ?」

「そうだよ、空港に迎えに行ったのが俺だったから、涼香はすねちゃって。傑に迎えに来てほしかったたって言ってたぞ」

涼香の家は、傑たちの家よりも桁外れのセレブで、パーティも規模が違う。政治家や名家の息子や娘が参加する海外の社交界のような集まりだ。

「俺はパス。忙しいし」

「お前が来ないと涼香が不機嫌になるんだよ。絶対に来い。風花ちゃんと一緒でもいいから」

なぜか傑は昔から涼香に好かれている。亨と傑の後ろについてくる涼香が可愛いと思っていた時期もあったが、それがあまりにも長く続くので、少しずつ距離を置くようになった。

「風花さんは連れていかない。ややこしいことにしかならないから」

「まあ……確かにな」

涼香と距離を置く傑とは対照的に、亨はいつも親身になって世話をしている。亨にとって涼香は、いつまでも可愛い妹なのだろう。だから放っておけない。

「とにかく、涼香の誕生日パーティの日、予定を空けておけよな」

面倒な誘いを受けてしまった、と返事を渋っていると、背後から女性社員たちが駆け寄ってきた。

「おはようございますーっ！」

「おはよう」

貫地谷兄弟が並んで歩いているところを見られた、とテンションが上がっているようで、朝から元気いっぱいだ。

そこで涼香の話は終了し、兄弟としてではなく副社長と専務として振る舞う。

いくら家族とはいえ、社内では上司と部下。その線引きはしっかりして仕事に取り組んでいた。

仕事をしながらも、傑はふとした瞬間に風花のことを考えていた。

(次に会うときまでに、検査を済ませておかないと。それから……)

妊活に入るまでに自分たちの体に異常がないか調べることにした。基礎疾患がないか、生殖機能に問題がないかをチェックして、避妊せずにセックスをしても大丈夫か確認する約束をしたのだ。

専門のクリニックへ行き、そこで一通り検査をして、何も問題がないことが分かる。

ここで何か問題があったら、妊活の相手にさえしてもらえないところだった。ほっと胸を撫でおろし、風花と再び会う日を心待ちにした。

でも気をつけないといけないことがある。風花を好きだと悟られてはいけない。気を抜けば「好きだ」と囁《ささや》いてしまいそうだし、子作りするだけの関係なんて嫌だと口にしてしまうかもしれない。

しかしそれでは警戒されるだろうし、この話はなかったことにしようと言われかねない。

(だから、できるだけ……素っ気なくする)

そう何度も心に決めて、デートに臨《のぞ》んだのだった。

初めてのデートは外での食事にしようとしたが、風花はそれを望んでいないだろうと考え、傑の家に連れていくことにした。

相手の一番望んでいることを理解し、それを行動に移す。効率的に物事を運んでいくために、少しずつ距離を縮めていくよりも、すぐに体を重ねたほうがいいと考えたのだ。

ずっと好きだった風花が、傑のマンションにいる――

「んー、美味《おい》しい」

嬉しそうに微笑みながら、食事をしている姿を見ているだけで心が満たされる。彼女がそこにいるだけで幸せだなんて、どれだけ好きなんだと呆れるくらいだ。

今日はこのまま楽しく食事をして帰してあげようかと思うけれど、それじゃあ目的を果たせない。

手を伸ばせばすぐに届く距離に風花がいる。ここで逃がして他の男に行かれてしまうぐらいなら、どんな汚い手を使ってでも自分のものにしたい。

「あの件ですが」

食事が終わり、一段落ついたところで話を切り出す。

傑の提案した妊活の話。

まずはお互いにちゃんとできるか確かめましょうと提案した。妊娠の可能性が高い日にしようとして、失敗してはいけないからだと説得する。

すると、風花は少し悩んだあと、その条件を呑むと言った。

そこからはもう、止まれなかった。

子作りが目的とはいえ、傑の全部を受け入れてくれる。そのことが嬉しくて、すぐに自分のものにするべく、彼女をベッドへ連れ去った。

（ああ、可愛い）

経験が少ないと言って戸惑っているところも、恥ずかしがって目を伏せているところも、頬を赤く染めて感じているところも、全部が可愛すぎる。

風花が言うには、初めての彼氏以外と経験がないのだとか。しかも八年前以降、何も。

正直、とても驚いた。

仕事が好きだから結婚は必要ないとは聞いていたが、今まで様々な恋愛を経験してきた上でその結論を出したのだと思っていた。

それがまさか、恋愛経験人数ひとりだなんて信じられない。

世の中の男はどうなっているんだ？　こんなに魅力的で可愛くてたまらない女性がいるのに、放っておくなんて考えられない。

（俺はこんなに苦労して、もう一度会えるように手回ししてやっと出会えたのに、彼女の魅力に気づいていない男どもは、見る目がなさすぎる。正気か？）

と憤《いきどお》る一方で、たくさんの男と経験していなくてよかったとも思う。自分以外の男がひとりでも多く風花の体を知っていると考えるだけで、嫉妬でおかしくなりそうだ。

（俺だけのものになればいいのに）

そんなことを考えながら、初めて風花を抱いた。

風花を抱いたあと、最初に思ったのは、もう後戻りできないということだった。

今まで味わったことのない幸福感と、好きな女性を自分のものにしたことを証明する肉体的な実感。うまくいけば、愛する人が自分の子どもを身ごもるかもしれない悦《よろこ》び。

これ以上好きになったらどうなるのだろうという怖さと、これを手放すなんて考えられないという執着心が湧き出てくる。

ズブズブと沼にはまっていく感覚を身をもって実感した。

ちなみに、確かめたいと言った体の相性は、これ以上ないくらいによかった。

終わったあとも、このままずっと一緒にいたいと風花を抱き寄せていたのに、すぐに現実に引き戻された。

仕事があるからと帰り支度をする彼女を引き留められなかったのだ。

（俺にはその権利がない……か）

いくら婚約者で妊活の相手とはいえ、恋人のように「まだ一緒にいたい」と言える存在ではない。彼女の時間を独占できるほどの力はないのだと思い知る。

（どうすれば一緒にいられるだろう？）

そんなとき、風花が不規則な生活を送っていると知り、規則正しい生活を送れるように、傑が管理をすればいいと考えた。一緒に住んで生活を共にすれば、一秒でも長く一緒にいられる。

そうして、傑は風花との共同生活を送れるようにうまく仕向けていったのだった。


（我ながら、なかなかアウトだったよな）

そうは思うものの、傑の風花を大事にする気持ちは現在進行形。結婚して子どもが産まれても、以前と変わらず風花への溺愛は続いている。

「お義父《とう》さん、お義母《かあ》さん。本当にお願いしてもいいんですか？」

「もちろんよ。今日は結婚記念日でしょ？　ふたりきりで楽しんできて」

傑と風花の三回目の結婚記念日。風花の両親が咲良の面倒を見てくれるというので、夫婦水いらずでディナーに行くことになった。

傑たちは自宅の近くにある義実家に向かい、咲良をお願いする。

「じゃあ、夜ご飯はこれをあげてね。それからおやつも一応用意したから。それから……」

「そんなに心配しなくて大丈夫よ。咲良ちゃんの世話なら慣れているから。それより気にせずたっぷり楽しんできて」

「ありがとう」

仕事などで咲良を預けることがあるので、勝手が分かっている義母は心配しなくていいと言う。その言葉に甘えて傑と風花は咲良を預けると、一旦自宅へ帰ってきた。

「久しぶりのデートだから、おしゃれしておいで」

「うん！」

咲良を産んでから、風花はずっとカジュアルな格好で身動きのとりやすい格好ばかりしていた。今日は好きな格好をしていいよと伝えると、袖がふわっと広がったデザインのブラウスにタイトなスカートという女性らしい服に着替えた。

髪はおろして、ゆるく巻いてある。メイクもナチュラルだけど可愛らしい。

「見違えた。……すごくいいよ」

「本当？　よかった」

女性らしさを前面に出すため、色っぽく仕上げたらしい。普段と全然違う雰囲気の彼女を、食い入るように見てしまう。

「綺麗だよ」

「ありがとう。ホテルのディナーだから、ちゃんと相応《ふさわ》しい格好をしようと思って」

服装に合うようヒールを履いた風花だったが、家を出て数歩歩くとすぐによろけてしまった。

「あ……っ」

「大丈夫？」

傑のほうに引き寄せて支えると、風花の体が密着する。その瞬間、風花のふわっと甘い香りがした。

(何だろう……この感覚は)

自分の妻なのに、新鮮でドキドキしている。こういうデートが少なかったせいもあって、今更ながら女性として意識して緊張している。

「ごめんなさい。脚が……」

「大丈夫、俺に掴《つか》まって」

腕を差し出すと、風花がそこに手を絡ませる。

恋人同士のような寄り添い方で、ふたりは歩き出した。

ホテルに到着し、上階にあるレストランに入ると、東京の綺麗な夜景を見下ろせる窓際の席に案内された。一流シェフが作った料理を味わい、久しぶりのワインに喜ぶ妻を見ながら、ひとときのデートを楽しむ。

普通の恋人なら、趣味の話や友人の話、自分の話をするところだが、傑たちは咲良の話ばかりで盛り上がっていた。

「今頃ちゃんとご飯食べているかな……？」

「きっと食べているよ。風花の作ったご飯をいつもお腹いっぱい食べるんだから」

「だね。もうないから止めようかって言うまで食べるもんね」

「そうそう」

お腹いっぱいになるまで食べる咲良のことを思い出して、ふたりで笑顔になる。向かい合って会話をしながらゆっくりとした時間を満喫した。

「どれも美味《おい》しかったね。素敵なお店だったし、ゆっくりと食事を取れたのもよかった」

「そうだね」

「はぁ……。咲良には会いたいけど、まだ帰りたくないな」

店を出て、エレベーターを待っていると、風花がそんなことを言い出した。

これはまさか……誘われている？

傑も同じだった。もう少しだけこの非日常な時間を過ごしたいと考えていたのだ。

「俺も帰りたくないって言ったら？」

「え……？」

隣にいる風花の腰に手を回して、耳元で囁《ささや》く。

「少しだけ休んでいこうか」

そう伝えると、風花は恥ずかしそうに小さく頷いた。


ホテルの部屋を取り、傑と風花は無言のまま部屋に入った。琥珀色の間接照明が照らす部屋の中はロマンティックで、窓から見える夜景が煌《きら》めいているのが見える。

「綺麗な部屋だね」

「そうだね。それよりも俺は、風花のほうが綺麗だと思うけど」

部屋の様子を見ている風花の体を抱き締めて、全力で口説く。

「今日の風花は一段と可愛いし綺麗だ。前からずっと好きだけど、今のほうがもっと好きだよ」

「……照れるよ」

恥ずかしがる風花のことを気にせず、可愛い可愛いと愛《め》で続けていると、風花も傑の体に手を回してぎゅっと抱き着いてきた。

「ありがとう、そんなふうに言ってくれて」

「感謝されるようなことじゃないよ。本当のことだし」

出会ったときから、ずっと風花のことが好きだった。初めて会ったときは、全然話せなくて仲良くなれず悔しい思いをした。それから十何年も経って、やっと捕まえた人だから、これ以上ないくらい大切にしたい。

年をとっても、変わらず愛し続けたいと思う。

腕の力を緩《ゆる》めて風花の顔を見つめると、風花も傑のことを見つめ返す。くるんとカールしたまつ毛の大きな目と、淡く色づく頬、ピンク色に染まるふっくらとした唇を見つめて、胸がいっぱいになる。

（ああ、好きだ……）

「ん……」

その想いが高まって、風花の唇にキスをする。

妻の柔らかな唇に溺れながら、傑はベッドに風花を押し倒して指を絡ませるように繋《つな》いだ。

「好きだよ、風花」

「ん……私も、好きだよ」

（俺や咲良を大事にしてくれるところも、家族を大事にしてくれるところも、仕事を頑張っているところも、いつも明るいところも全部好きだ）

愛しくてたまらない人の体に触れられることが幸せで、いつも以上に興奮する。

「傑……」

たくさんキスをしている間に、風花の手が傑のネクタイに伸びてきた。衣擦《きぬず》れの音をさせながらネクタイを取ると、シャツのボタンを外し始めた。

「旦那さんのスーツを脱がせるなんて、何か……エッチだよね」

「そう？」

傑のはだけた胸元を見て、風花も興奮しているようだった。しかも、自分からやり始めたことなのに、ちょっと照れているところも可愛い。

その隙に傑は下へ手を伸ばして、風花のパンプスを脱がせてベッドの下に転がした。そしてストッキングを穿《は》いている脚を指でなぞり、スカートの中の太ももまで撫でていく。

「……んっ」

「こういう格好していると、同じ会社で働いているふたりみたいだね」

「……上司と部下、みたいな……？」

「そうそう」

内緒の逢瀬をしているシチュエーションみたいで燃えてきた。同じ会社に風花がいたら、絶対に手を出す自信がある。そして他の男と話しているところを見たら、嫉妬してしまうだろう。

「あ、ぁ……っ」

舌を絡ませるようなキスをしながら、傑は風花の太ももから上へと手を進めた。ストッキングのおかげで肌の上を滑りやすい。そのままショーツのあるところまで進んで、クロッチ部分に到達した。

「……でもダメだな。同じ会社にいたら、仕事に集中できなくなりそう」

「そう、なの……？」

「風花のことばかり見てしまうから、仕事にならない」

クロッチ部分を撫でると、彼女の体がビクンと揺れる。熱くなっているから、きっと中は反応して濡れているに違いない。とろんとした表情に変わってきた風花を見逃さず、傑はストッキングを膝辺りまで一気に脱がせた。

「俺を触る手が休んでるよ。もっと脱がせてくれないの？」

「あ、うん……脱がせる」

触られることに夢中になっていた風花の手が止まっていたので、言葉で催促する。すると、彼女は覚束《おぼつか》ない手で残りのシャツのボタンを外しだす。

ひとつひとつ外されていく間に、傑は風花のショーツをずらし、潤《うる》んだ場所を指でなぞり始めた。

「……んっ、あ」

「いけない子だな。もうこんなになってる」

指先に感じる熱い蜜。そのとろりとした粘液を指先に絡め、小さな蕾《つぼみ》を撫でてやる。

「あ……っ、んん！」

「ほら、手。俺のこと脱がして」

すぐに傑の愛撫に夢中になってしまう風花に声をかけると、傑のシャツが全部はだけられた。

「す……ぐる……」

とろんとした瞳で見つめてくる妻が色っぽい。普段の生活では見せないような女の顔をして誘ってくる姿にクラクラしてくる。体の芯が熱くなって、たまらない気持ちになってきた。

「風花」

名前を呼ぶと、従順に目を閉じてキスをねだってくる。その仕草が可愛くて、奪うように口づけた。甘くて柔らかな唇に触れたあと、舌を味わう。

「ん……っ、ぅ……」

リップ音を立てながらキスをして、お互いの欲望を滾《たぎ》らせていく。口づけている間にも手を止めず花芯に触れていると、風花の呼吸が乱れてきた。

「あ……っ、ぁ……はぁ……」

ビクビクと腰が揺れて、キスしていられないほどの喘《あえ》ぎが漏れる。その様子を見ながら、傑は容赦なく愛撫を続けた。

「も……ぉ、だめ……、っ、ン……」

「だめじゃない。もっとでしょ？」

「あああっ……」

キスを止めて風花を見てみると、涙目の可愛い顔になっていた。そのとろけた表情を、ぐちゃぐちゃにしてやりたくなる。

蕾《つぼみ》だけじゃ飽き足らず、風花の中に指を挿入してかき混ぜ始めた。傑の指が入ってくるのを待っていたかのように、きゅうきゅうと締め付けて悦《よろこ》ぶ。

「ああっ、ああ……気持ち、いい……っ」

（ああ、可愛い。可愛すぎる……）

妻が子どもを産んだら女性として見られなくなったという男性がいるが、傑には信じられない。

自分の妻が可愛くて可愛くて仕方ない。いつも妻に見惚れてしまうし、恋人同士のように傍にいたいと願う。育児期間中は、子どもの世話が優先だからしないけれども。

だから今、こうしてふたりきりの空間で気持ちよくなっていることがこの上ない幸せだと感じている。

「もう……入れてもいい？」

指で中を揺さぶっているだけで感じまくっている風花を見ていると、辛抱ができなくなってきた。痛いほど硬くなったものを早く入れたい。トラウザーズを押し上げる屹立《きつりつ》が苦しくて、ベルトに手をかける。

「……いいよ。早くきて」

ベルトを外している手の上に風花の手が重なり、一緒にファスナーを下ろしてくれた。中から現れた下着に触れ、奥に潜む欲望を撫でてくる。

「傑だってすごく興奮してる」

「そうだよ。風花とずっとこうしたかったんだから」

毎日したいくらい風花のことを求めている。ずっとずっと昔から好きだった人と夫婦になれたのだから、余すことなく愛したい。

「じゃあ、早く入れて」

「うん」

彼女の手が首に回って、しがみついてくる。ふたりは口づけをしながら体をひとつに重ね合わせた。

「……あ、あぁ……っ」

全部を受け止めてくれる風花の体に溺れながら、強く抱き締める。

「風花、好きだよ」

「……ん、ぁ……あぁっ。好き……っ、傑……」

そう囁《ささや》かれたら、さらに興奮が増して自制が利かなくなる。根本までぴったりと埋《うず》めて、隙間がないほど傑でいっぱいにすると、最奥をぐりぐりと押し上げる。

(ここにもう一度俺の子を妊娠してほしい。一生独占できるように、もっともっと絆《きずな》を深めたい)

風花とは二度目の妊活をすることになっているから、タイミングさえあえばセックスをしているのだが、毎回孕《はら》ませたい欲と、まだ妊娠せずにセックスし続けたい欲が交差して頭を悩ませている。

「……傑。何を考えているの？」

「っ!?」

乱れたシャツの隙間から見える胸板に顔を埋《うず》めた風花が、ぺろりと乳首を舐めてきた。まさかそんなことをされるとは思っていなかったので、危うく声が出そうになる。

(危ない……。声、出そうだった)

寸前で堪《こら》えられたからよかったものの、気を抜いていたらあられもない声を出していたかもしれない。

「他のことは考えてないよ。風花のことだけ」

「ほんと？　何か違うことを考えてそうだったけど」

会話をしながら、ペロペロと猫がミルクを舐めるみたいに胸の先に舌を這わせてくる。

それが気持ちよくて、どんどん下半身に熱が集中していく。

「こら。それ以上したら……」

「どうなるの？　もっと激しくなる？」

「……くそ。激しくしてほしいんだね？」

だったら望み通り激しくしてやる、と風花の腰を両手で掴《つか》んだ。

「あ！　ちょっ……ああっ、待っ……ぁ、ああん！」

荒ぶる獣《けもの》のように妻を貪《むさぼ》り始めた夫は、大好きな妻を啼《な》かせ始める。

彼女の中に収まっているものが、さらに硬さを増して膨張していくのが分かる。それを激しく動かして中を激しく掻き回すと、繋《つな》がった場所からいやらしい蜜音が鳴る。

「あっ、ああ……っ……そんなに、しちゃ……ああっ」

「そんなにしたら、どうなるの？」

煽《あお》ったのは風花だ。いつも我慢ばかりしている夫を刺激したらどうなるか知らないとは。目に涙を浮かべながら感じている風花は、その先を話せないで喘《あえ》ぐばかりだ。

「もしかして、イキそう？」

抽送しながらそう聞くと、目を閉じたままこくんと頷いた。快感に溺れて息を乱す妻が可愛くて、もっといじめたくなる。

「ふふ……可愛いな」

彼女の脚を大きく広げて上から繋《つな》がった場所を見てみると、お互いの肌を濡らす蜜がいやらしく艶《つや》めいているのが見える。腰を動かすたびに、傑の屹立《きつりつ》がズブズブと風花の蜜口に呑み込まれていく様子が更なる興奮を呼ぶ。

（もっと深く繋《つな》がりたい。もっと中をめちゃくちゃにしたい）

風花を求める気持ちが尽きることがなく、もっと欲しいと求めてしまう。彼女の左脚を上に上げ、もう片方はベッドに置いたまま、自分の体をその間に交差させて、より深い交わりへと変化させた。

「これはどうかな？　いつもと違うところに当たる？」

「あぁっ、あぁん……っ」

大きく開いた脚の中心に腰をグラインドさせながら押し付けると、いつもと違う締め付けを感じた。根本まで深く挿入するたびに、風花の体がガクガクと震える。

「気持ち……よすぎて……やぁ……っ、それ以上、しないで……」

「もう限界？　でももう少し我慢しようね」

可愛い黄色のペディキュアの足にキスをして、ゆっくりとした律動を繰り返す。泣きそうな声をあげて感じる妻を楽しみながら、自分にも迫ってくる愉悦をどうにかして逃がして時間かせぎしていたのだが。

「傑……もう、だめ……気持ちよすぎる……お願い、もういかせて」

「そうなの？」

「お願い――」

懇願する妻を見て喜んだ傑は、可愛い妻のお願いだから仕方ない、と望み通りにしてあげることにした。

「分かったよ。じゃあ、最後にひとつ聞いてもいい？」

「……っ、なに……？」

ゆったりとした動きから、少しずつ速くなっていく。そのたびに肌のぶつかる音がして、お互いの体に快感が広がっていく。息を乱しながら、傑は質問を続けた。

「どこに出してほしいか教えて？」

いつも中にしか出さないくせに、と言うような瞳で見つめてくる風花に意地悪な質問を投げかける。

それを言わないと、いかせてやらないつもりだと察しのいい彼女は気づいているはず。

「今日は外にする？　いつも中に出したあと、あとからいっぱい出てくるから困ってるって言っていたもんね？」

「……あっ！」

ズン、と奥深くに挿《さ》し込《こ》んでいつも注ぎ込む場所を刺激すると、彼女の蜜道が強く締め付けてきた。

「……どうする？　風花の好きなようにしてあげるよ。たまには外に出すのもいいかな？」

恥ずかしそうに口ごもっている姿がいじらしい。夫婦になって三年が経つというのに、いつまでも初々《ういうい》しい風花の様子がたまらなく好きだ。

「そろそろ教えてくれないと、俺も限界がきそうだ。……っ、ほら。早く――」

抽送がだんだん速くなってきて、自制が利かなくなるほど腰つきが荒くなる。

「……や、ぁ……っ、ああ……んっ、な、か……がいい……っ」

「聞こえないよ。風花、ちゃんと教えて」

「中がいいっ……傑、中に出して……！」

その返事を聞いて満足した傑は、上体を倒して風花の体を抱き締めるようにしてクライマックスへと駆け上がる。

「そう、中がいいんだ。じゃあ、いっぱい出してあげる」

涙目で傑を見つめ、嬉しそうに微笑む風花の表情を見ると胸が震える。

（ああ、俺はいつまでも風花が好きだ。一生、この気持ちは変わらないだろうな）

ふたりで愛情を確かめあいながら、昇っていく。激しく燃えてしまいそうなほど繋《つな》がりを深くして、快感に包みこまれていく。

そして――彼女の望み通り、最奥の場所にたっぷり注いだ。

「傑……？」

終わったあともまだ離れようとしないことを不思議に思った風花は、目を開いて傑を見つめる。

「悪い……また――」

「あっ……」

心おきなく愛し合える時間に喜んでいるせいか、達したのに体がまたすぐに興奮状態になってしまった。風花の蜜と、傑の放った白濁を混ぜるような抽送が始まる。

「だめだよ……もう帰らないと」

「でもこのままじゃ帰れない。まだ足りない」

汗ばむ風花の体にたくさんキスをしながら、興奮が醒《さ》めない傑は腰を振り続ける。いつまたこんなふうに愛し合える日が来るか分からないからと、貪欲になってしまう自分を止められない。

「風花、好きだ。もっと欲しい」

そんな夫に観念した風花は、傑が満足するまで体を差し出す覚悟を決めたようだ。

こうして、もう本当に帰らないといけない時間まで愛しまくるという結婚記念日を過ごした。

なりふり構わずやってきた結果がこれなら、頑張ってきた甲斐があったなと、傑はこれ以上ない幸せを感じながら今までの努力を自分で褒めるのだった。

書き下ろし番外編

幸せをありがとう

風花が仕事復帰をして二年。

咲良も二歳になり、はじめの頃に比べて手がかからなくなってきた。昼間は近所にある保育園に行き、夕方まで保育士に面倒をみてもらっている。

なので、以前のように本腰を入れて仕事に取り組めるようになった。

独身時代みたいに夜中まで仕事をすることはなくなり、咲良を保育園に預けている間だけに調整している。

最近は、自身の経験を踏まえてマタニティ下着のデザインに取り組んだところ、今までと比べ物にならないほど爆発的に人気が出た。

使用感がいいのはもちろん、清潔感があって爽《さわ》やかなデザインで、出産したあともギャザーで調整ができてずっと使える優《すぐ》れものだ。適度な密着感がありつつ、締め付けすぎないちょうどいい着け心地なのも人気の理由になっているが、ユーザーからはデザインを褒める声が多く、風花の才能を決定づけるものとなった。

そういうわけで、風花は以前よりも仕事が増え、かなり先までスケジュールが埋まる人気ランジェリーデザイナーとなっていた。

「じゃあ、私、いってくるね」

朝、七時すぎ。風花は長い髪をひとつに束《たば》ね、ストライプ柄のオーバーシルエットのシャツを羽織り、オフィスカジュアルな格好に身を包んでいる。ボトムスはホワイトのテーパードパンツを合わせ、足元はパンプス。一児の母には見えない美しさで、以前より輝きを増している。

「ああ、いってらっしゃい」

そんな妻を見送る夫の傑は、ジャケットなしのスーツ姿で咲良を抱き、玄関で靴を履く風花のことを見守っている。

「咲良、いってくるね」

「まま、ばいばーい」

咲良は傑に選んでもらったチュニックにレギンスを穿《は》いていて、抱っこされながら風花に手を振る。保育園には傑に連れていってもらうため、風花が会社に出社する日は見送っている。

傑と咲良に抱き着いたあと、風花は家を出る。そして大手下着メーカー、スウィートセジュールへ向かった。

基本は在宅ワークだが、最近は商品会議が多いので出社する頻度が上がっている。今風花が手掛けている人気のマタニティラインから、秋冬用の新商品が出るので、その打ち合わせがメインだ。

朝から夕方まで仕事、家に帰ったら咲良の世話と夕飯の支度、掃除洗濯があるが、傑も早く帰ってきて家事を分担してくれる。

忙しいものの、充実した毎日。可愛い娘と愛する夫に支えられ、仕事に邁進《まいしん》できることに感謝していた。

「では、今日は以上です。お疲れ様でした」

「お疲れ様です」

マタニティラインのチームは、中堅社員が多く、三十代が多い。ちょうど育児真っ只中の人たちでリアルな声を集めながらやっている。ちょうど今参加していた会議も、風花を含めて三十代の女性が四人、男性が三人の七人体制だ。

今日話し合った内容をまとめ終わったので、風花はタブレットをバッグにしまい、座席から立ち上がる。せっかくオフィスに来たのだから、奈央に会って帰ろうと思う。

以前はティーンものの下着担当だったから、奈央と一緒に仕事をしていたが、マタニティラインに移ったこともあり、彼女と離れてしまった。

なので、出社したときは彼女に会いにいき、近況報告をしている。

奈央に会うために会議室を出ようとしたとき、ひとりの男性に声をかけられた。

「貫地谷さん、お疲れさまです」

「……あ、吉川《よしかわ》さん。お疲れさまです」

吉川は最近マタニティラインの会議に参加し始めた男性で、先日、九州から異動してきたばかりだと挨拶《あいさつ》をされた。見た目は黒髪短髪の精悍《せいかん》な男性。長身でがたいもいいから、一見怖そうに見える。しかし話してみると、「～っちゃね」と博多弁が出るので可愛くて印象が変わった。

気さくで話しやすい人なので、異動して間もないがすっかり周囲と打ち解けていた。

「あの……貫地谷さんのご実家って、永寿桔梗堂なんですよね？」

「はい、そうですよ」

「僕、永寿桔梗堂の和菓子の大ファンなんですよ。本店って、イートインがあるんですよね。ご一緒してもらえませんか？」

彼はまだ東京に来て日が浅く、こっちに友人が少ないらしい。和菓子屋にひとりで行く勇気がないらしく、風花にアテンドしてほしいのだと言う。

「女子の友達がいないいんですよ。かといって、男友達に和菓子屋に行こうと誘っても断られまして……」

「あはは、そうなんですか。いいですよ」

「わぁ！　ありがとうございます。もう本当に好きすぎて、いつも取り寄せしていたんです。イートインだと、限定品や作りたてを食べられるんですよね？　ああ、想像しただけでテンション上がる」

実家のお菓子を褒めてもらえるのは素直に嬉しい。永寿桔梗堂をどれほど好きか熱弁されたので、本当に好きなのが伝わってきたし、風花より商品に詳しいぐらいだ。

そんな彼に本店に来てもらえたら、父も喜ぶだろう。そう想像して、風花の顔も自然と綻《ほころ》んだ。

そういうわけで、奈央と軽く話したあと、吉川と待ち合わせて一緒に永寿桔梗堂へ向かうことになった。ふたりで電車に乗り、目的地まで向かった。

「貫地谷さん、僕のために時間を作ってくださって本当にありがとうございます」

「いえいえ。それより吉川さん、お仕事はいいんですか？」

「急遽《きゅうきょ》午後休を取っちゃいました。今日を逃したら、次いつ行けるか分かりませんからね」

午後休を取ってまで行く本気ぶりに思わず笑ってしまった。

「本当に好きなんですね」

「はい、大好きです」

店の前に着いて店構えを見ると、吉川はスマホで写真を撮り始めた。

「わ～、素敵だ。写真で見た通りのお店だけど、実際に見ると上品で立派で素晴らしい老舗《しにせ》感。いいですね」

「ありがとうございます」

「貫地谷さんも一緒に撮っちゃいます」

なぜか風花も一緒に写真を撮ってもらい、そのたびに吉川は「いいですね、素敵です」と大興奮していた。一通り写真撮影をしたあと、ついに店内に入ることになった。

「えー、どうしよう。貫地谷さん、緊張します」

「なんで緊張しているんですか。大丈夫ですよ」

「念願の本店なんですもん～。楽しみすぎてワクワクが止まりません」

全商品買ってしまいそう、と大興奮している彼は、風花の体に密着してソワソワしている。そんな様子を微笑ましく見ていると、店内から誰かが出てきた。

「いらっしゃいませ……って、あれ。風花」

「傑さん！」

中から現れたのは、スーツ姿の傑だった。いつも店の奥にある事務所で仕事をしているのだが、今日は店内にいたのだろう。表で客の声がするから様子を見に来たようだった。

「そちらの男性は？」

「こちらは吉川さんといって、スウィートセジュールの社員さん。最近東京に来たばかりなんだけど、うちの商品のファンなんだって」

風花の背後にいる吉川は、突然現れた男性にも緊張しているようだった。そんな彼に向かって、傑は優しく微笑みかけた。

「そうなんですか、ありがとうございます。いつも妻がお世話になっています」

「えっ、あっ、貫地谷さんの旦那さん!? 初めまして、こちらこそ、お世話になっています」

話しかけてきた男性が風花の夫と知り、吉川は慌てて頭を下げた。風花は傑に「妻」と呼ばれたことに胸をときめかせていた。

――結婚してしばらく経つのに、傑に「妻」って紹介されるとドキドキしちゃうな。

ああ、もう顔がにやける。

仕事中の傑の姿も凛々《りり》しくて格好いいし、風花の実家を支えてくれている頼もしいところも改めて素敵だなと感じる。父からも、永寿桔梗堂の社員たちからも、傑の評判はよく、心から彼のことを尊敬している。

そんな傑を誇らしく思うし、そんな人の妻であることに照れながら喜んでいる。

そうして傑の案内により、風花と吉川は店内に入り、商品の説明を聞きながらイートインの席についた。店でしか食べられない限定品をいくつか頼み、吉川は永寿桔梗堂の商品を満喫したのだった。

「今日は本当に本当にありがとうございました！」

「いえいえ、こちらこそ、喜んでもらえてよかったです」

「また来てもいいですか？　今度はひとりでも来れそうです」

店内には、ひとりでゆっくりと和菓子を味わう老男《およしお》もいたので、吉川はひとりでも大丈夫だと感じたようだ。

「ぜひ来てください。待っています」

「はい！」

たくさんのお土産《みやげ》を買い、大きな袋を持った吉川は、風花と傑に何度も頭を下げてから帰っていった。

「吉川さん、本当に和菓子が好きなんだねー」

「そうだな」

彼の姿が見えなくなるまで見送ったあと、風花は傑に話しかけた。……が、傑は腕を組んで風花をじっと見下ろしていた。

「……傑？」

「店の前で男と仲良くしているから、てっきり浮気をしているのかと思った」

てだ。

「ええぇっ」

まさか傑にそんなことを言われるなど想像もしていなかったので、とても驚いた。というか、彼といて二年以上になるが、こんなふうに嫉妬めいたことを言われたのは初めてだ。

「そんなわけないじゃない。私、既婚者だよ。浮気なんてするわけないよ」

「風花のことを疑っているわけじゃないけど、最近、ますます綺麗になったから、つい心配で」

傑曰《いわ》く、最近の風花は、咲良の手が少し離れたこともあって、以前のような輝きを取り戻しているのだとか。

確かに、出産して間もないときは、自分のことを構う余裕などなかったし、おしゃれも全然していなかった。

今は保育園に預けて仕事をしているし、自分の時間を持つ心の余裕もできた。好きだった洋服のショップに買い物に行ったり、アクセサリーを買ったりしてストレス発散もできているからハツラツとしているのだろう。

「大事な家族がいるんだし、浮気なんてしないよ。それに、私……モテるような人じゃないこと、知ってるでしょ」

傑と結婚するまでは、出会いもなかったし、家に引きこもって仕事ばかりしていたような生活だった。出会いは皆無だったから、頼る相手がいなくて、お見合いで出会ったばかりの傑に妊活してほしいとお願いしたぐらいなのに。

「いいや、最近の風花は綺麗になりすぎてる」

「真剣な顔で、そんなこと言わないで。笑っちゃうよ」

いくら夫だからと言って、妻のことをよく言いすぎだ。そんなふうに見えているのは、世の中で傑だけだと思う。

「でも、ありがとう。そう言ってくれて、嬉しい」

愛する人に褒められて悪い気はしない。むしろ、嬉しいくらいだ。心配してもらえるということは、気にかけてもらえているということ。

結婚しても、出産しても、傑からの愛情は変わることはない。どちらかというと、増してきて、より愛されている気にさえなる。

——綺麗に、か。

でも、ひとつ心当たりがある。

傑が言うように、風花が綺麗になったかもしれない理由。

本当は週末に、ゆっくりと話せる時間に伝えようと思っていたが、今はふたりきりだし、彼に打ち明けてもいいタイミングかもしれない。

「実は……傑に言いたいことがあるんだけど」

「え、何?」

浮気の話からの、この流れだから、傑は少し警戒したような素振りを見せる。とはいえ、信用しているから、心の底から疑ってはいないようだが。

「私……できたみたいなの」

「え?」

「だから、えっと……あの……赤ちゃん」

先週、生理が遅れていて妊娠検査薬を使ってみたら、陽性反応が出た。しかし、ちゃんと病院で診てもらってから伝えようと思い、数日前に受診してきた。そうしたら、やはり妊娠していた。

あまり早く言うと、傑は風花のことを大事にするあまり心配しすぎてしまうだろうと思って、少し様子を見ていた。

「本当?」

「うん、本当だよ。病院にも行ってきたから」

そう言って、バッグの中にしまってあったエコー写真を取り出した。

エコー写真を見つめ、だんだんと現実だと理解した傑は、急に風花のことを強く抱き締めた。

「やった!　嬉しい!」

風花と傑は、前々から妊活を再開していたが、彼女の仕事が忙しいこともあって、マイペースにやっていた。根を詰めず、ゆっくり風花に合わせていたのだ。

風花のことを優先して考えてくれてはいたが、ふたり目を望んでいたから、傑はとても喜んでくれた。

「咲良がお姉ちゃんになるね」

「うん、そうだな。ああ、嬉しい。風花、絶対に無理はしないでくれ」

家庭も仕事も大事だけど、風花と赤ちゃんが一番大事だと熱弁される。

――うん、そうだよね。

きっと傑は、今以上に私のことを大事にしてくれるだろう。

そんな彼の姿を想像して、幸せな気持ちが込み上げてくる。

「傑……。こんなに幸せな気持ちにしてくれて、ありがとう。きっと綺麗になったって思ってくれるのも、傑に愛されているからだよ」

「もっともっと愛すから。ああ、本当にありがとう」

出会ってくれてありがとう。愛してくれてありがとう。

彼と出会ってから今日まで、傑からたくさん愛されて幸せに満ち溢れている。これからも、ずっと一緒にいたいと強く願う。

新しい家族が増える喜びを噛み締めながら、風花たちは顔を見つめて微笑み合った。

EB エタニティ文庫 ～大人のための恋愛小説～

Mikako & Shuji

オジサマ専務の恋の手ほどき!?

秘書は運命の旦那様に愛を乞う

～ I was born to love you ～

赤

藍川せりか　　装丁イラスト／一夜人見

大学の同級生・修二と学生結婚したが、その直後に事故死してしまった美嘉。どうしても彼にもう一度会いたい美嘉は、未華子として生まれ変わる――二十数年後、ナイスミドルな修二の秘書となって懸命に求愛するものの、亡き妻を一途に想う彼は全く振り向いてくれず……

定価：704円（10%税込）

Nana & Takayuki

お堅い上司がミダラに変身！

発情上司と同居中！

赤

藍川せりか　　装丁イラスト／白崎小夜

火事で住む場所を失い途方に暮れていたら、憧れの上司から同居を提案された菜々。勧められるままに彼の家で暮らし始めたのだけど……ある日彼が豹変！　色気全開で迫ってきた。なんと彼は、月に一度激しく発情する体質らしい。押し切られ、菜々は体を許してしまい――!?

定価：704円（10%税込）

※エタニティブックスは大人の女性のための恋愛小説レーベルです。ロゴマークの色で性描写の有無を判断することができます（赤・一定以上の性描写あり、ロゼ・性描写あり、白・性描写なし）。

詳しくは公式サイトにてご確認下さい

https://eternity.alphapolis.co.jp

携帯サイトはこちらから！

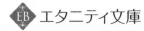

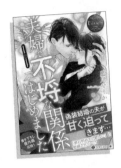

原作　藍川せりか Serika Aikawa
漫画　蒼井みづ Mizu Aoi

過去の恋愛のせいで、イケメンが苦手な琴美《ことみ》。ある夜、お酒に酔った彼女は社内一のモテ上司・青山《あおやま》と一夜を共にしてしまう！　彼が転勤するのを幸いとなかったことにしたつもりだったが……なんと二年後に再会！　強引さがパワーアップした彼に仕事でもプライベートでも迫られるようになって——!?

B6判　定価：704円（10%税込）　ISBN 978-4-434-25445-1

本書は、2021年6月当社より単行本として刊行されたものに、書き下ろしを加えて文庫化したものです。


この作品に対する皆様のご意見・ご感想をお待ちしております。

おハガキ・お手紙は以下の宛先にお送りください。

【宛先】

〒150-6008 東京都渋谷区恵比寿4-20-3 恵比寿ｶﾞｰﾃﾞﾝﾌﾟﾚｲｽﾀﾜｰ 8F
（株）アルファポリス　書籍感想係

メールフォームでのご意見・ご感想は右のＱＲコードから、
あるいは以下のワードで検索をかけてください。

アルファポリス　書籍の感想　検索

ご感想はこちらから

エタニティ文庫

契約妊活婚《けいやくにんかつこん》！～隠《かく》れドＳな紳士《しんし》と子作《こづく》りすることになりました～

藍川《あいかわ》せりか

2023年9月15日初版発行

文庫編集－熊澤菜々子
編集長－倉持真理
発行者－梶本雄介
発行所－株式会社アルファポリス
〒150-6008 東京都渋谷区恵比寿4-20-3 恵比寿ｶﾞｰﾃﾞﾝﾌﾟﾚｲｽﾀﾜｰ8F
TEL 03-6277-1601（営業） 03-6277-1602（編集）
URL https://www.alphapolis.co.jp/
発売元－株式会社星雲社（共同出版社・流通責任出版社）
〒112-0005 東京都文京区水道1-3-30
TEL 03-3868-3275
装丁イラスト－さばるどろ
装丁デザイン－AFTERGLOW
（レーベルフォーマットデザイン－ansyyqdesign）
印刷－中央精版印刷株式会社

価格はカバーに表示されてあります。

落丁乱丁の場合はアルファポリスまでご連絡ください。

送料は小社負担でお取り替えします。


ISBN978-4-434-32606-6 C0193